TRANZLATY

Sprache ist für alle da

Язык для всех

Die Verwandlung
Превращение

Franz Kafka
Франц Кафка

Deutsch
Русский

www.tranzlaty.com

<h2 style="text-align:center">Teil Eins</h2>
Часть первая

Gregor Samsa erwachte eines Morgens aus unruhigen Träumen.

Грегор Замза однажды утром проснулся от тревожных снов.

Er befand sich in seinem Bett, konnte sich aber nicht bewegen.

Он обнаружил себя в постели, но не мог пошевелиться.

Er war in ein monströses Ungeziefer verwandelt worden.

Он превратился в чудовищное насекомое.

Er lag auf dem Rücken, der sich hart wie eine Rüstung anfühlte.

Он лежал на спине, которая была твердой, как броня.

Indem er den Kopf ein wenig hob, konnte er seinen Bauch sehen.

Слегка приподняв голову, он смог увидеть свой живот.

Sein Bauch aber war gewölbt und in Segmente unterteilt.

Но его живот был куполообразным и разделён на сегменты.

Die Decke lag auf seinem runden Bauch.

Одеяло лежало на его округлом животе.

Die Decke war jedoch kurz davor, ganz herunterzurutschen.

Но одеяло почти полностью сползло вниз.

Seine Beine wirkten im Vergleich zu ihrer üblichen Größe jämmerlich.

Его ноги выглядели жалко по сравнению с их обычным размером.

Und seine vielen Beine flackerten hilflos vor seinen Augen.

И его многочисленные ноги беспомощно мелькали перед глазами.

„Was ist nur mit mir geschehen?", dachte er bei sich.

«Что со мной случилось?» — подумал он про себя.

Aber es war kein Traum, aus dem er nicht erwachen konnte.

Но это был не тот сон, от которого он не мог проснуться.

Es war tatsächlich sein eigenes Zimmer, in dem er sich
wiederfand.

Он действительно оказался в своей собственной комнате.

Ein richtiges Zimmer für Menschen, aber leider etwas zu
klein.

Комната вполне пригодна для проживания людей, но
немного тесновата.

Er lag still zwischen den vier bekannten Mauern.

Он спокойно лежал между четырьмя хорошо знакомыми
стенами.

Auf dem Tisch befand sich eine Sammlung von
Textilmustern.

На столе лежала коллекция образцов текстиля.

Samsa war Handelsreisender, daher die Muster.

Самса был коммивояжером, отсюда и образцы.

Über den auseinandergenommenen Textilproben hing ein
Bild.

Над разобранными образцами текстиля висело
изображение.

Er hatte das Bild erst vor Kurzem aus einer Zeitschrift
ausgeschnitten.

Он недавно вырезал эту картинку из журнала.

Er hatte das Bild in einen hübschen, vergoldeten Rahmen
gefasst.

Он поместил картину в красивую позолоченную раму.

Das gerahmte Bild zeigte eine aufrecht sitzende Dame.

На картине в рамке была изображена женщина, сидящая
прямо.

Sie trug eine Pelzmütze und hatte einen Pelzmuff.

На ней была меховая шапка и меховая муфта.

Sie hob ihre Hand in Richtung des Betrachters des Bildes.

Она поднимала руку в сторону зрителя,
рассматривающего фотографию.

Ihr ganzer Unterarm verschwand in ihrem schweren
Pelzmuff.

Вся её предплечье утонула в тяжёлой меховой муфте.

Gregor blickte aus dem Fenster auf das trübe Wetter.

Грегор смотрел в окно на пасмурную погоду.

Man konnte hören, wie schwere Regentropfen gegen das Fenster prasselten.

Было слышно, как крупные капли дождя ударяются о окно.

Das graue Wetter stimmte ihn sehr melancholisch.

Серая погода повергла его в глубокую меланхолию.

„Wie wäre es, wenn ich noch ein bisschen länger schlafe?“, dachte er.

«А может, поспать ещё немного?» — подумал он.

"Mehr Schlaf könnte mir helfen, diesen Unsinn zu vergessen."

«Побольше сна, возможно, поможет мне забыть эту чепуху».

Länger zu schlafen war jedoch völlig unmöglich.

Но спать дольше было совершенно невозможно.

Weil er es gewohnt war, auf seiner rechten Seite zu schlafen.

Потому что он привык спать на правом боку.

Sein aktueller Zustand schränkte jedoch seine üblichen Bewegungsfreiheiten ein.

Однако его нынешнее состояние не позволяло ему совершать обычные передвижения.

Er hatte keine Möglichkeit, in diese Lage zu gelangen.

У него не было никакой возможности оказаться в таком положении.

Er versuchte sein Bestes, sich auf die rechte Seite zu werfen.

Он изо всех сил пытался перевернуться на правый бок.

Er hat diese Bewegung wahrscheinlich hundertmal versucht.

Вероятно, он пытался выполнить это движение сотни раз.

Aber er kippte immer wieder in die Rückenlage zurück.

Но он неизменно возвращался в положение лежа на спине.

Er schloss die Augen, um seine unruhigen Beine nicht sehen zu müssen.

Он закрыл глаза, чтобы не видеть свои беспокойно ерзающие ноги.

Am Ende hinderten ihn seine Schmerzen daran, es noch einmal zu versuchen.

В конце концов, боль помешала ему предпринять еще одну попытку.

Ein dumpfer Schmerz in der Seite, den er noch nie zuvor gespürt hatte.

Он почувствовал тупую боль в боку, которую никогда раньше не испытывал.

„Oh Gott", dachte Gregor Samsa verzweifelt bei sich.

«О Боже», — отчаянно подумал про себя Грегор Замза.

"Was für einen anstrengenden Beruf ich mir da doch ausgesucht habe!"

«Какую же сложную профессию я для себя выбрала!»

„Ich muss beruflich Tag für Tag reisen."

«Изо дня в день мне приходится ездить по работе».

„Büroarbeit ist viel einfacher als die Arbeit unterwegs."

«Работа в офисе намного проще, чем работа в дороге».

„Und ich habe den Fluch, ständig reisen zu müssen."

«И на мне лежит проклятие постоянного путешествия».

„Die ganze Sorge, die Züge nicht rechtzeitig zu verpassen."

«Все эти переживания по поводу того, чтобы вовремя успеть на поезд».

„Meine Mahlzeiten sind unregelmäßig und das Essen ist schlecht."

«Время приема пищи у меня нерегулярное, и еда невкусная».

„Meine Freunde wechseln ständig, je nachdem, wo ich hinziehe."

«Мои друзья постоянно меняются, переезжая из города в город».

„Meine Interaktionen sind kühl und professionell."

«Мои взаимодействия с окружающими носят холодный и профессиональный характер».

„Sollen sich doch die Teufel mit solchen Arbeiten vergnügen!"

«Пусть дьявол развлекается такой работой!»

Er verspürte ein leichtes Jucken im oberen Bereich seines Bauches.

Он почувствовал лёгкий зуд в верхней части живота.

Er stemmte sich mit dem Rücken gegen den Bettpfosten.

Он прижался спиной к изголовью кровати.

Er wollte seinen Kopf besser heben können.

Он хотел иметь возможность лучше поднимать голову.

Er fand die juckende Stelle, die ihn plagte.

Он обнаружил зудящее место, которое его беспокоило.

Sein Kopf schien mit kleinen weißen Punkten bedeckt zu sein.

Его голова была покрыта мелкими белыми точками.

Was diese kleinen weißen Punkte waren, konnte er nicht sagen.

Что это были за маленькие белые точки, он сказать не мог.

Er hatte geplant, die Stelle mit einem seiner Beine zu berühren.

Он планировал коснуться этого места одной из ног.

Doch als er die Stelle berührte, verspürte er ein seltsames Frösteln.

Но когда он прикоснулся к этому месту, то почувствовал странный холодок.

Daraufhin zog er sein Bein sofort von der Stelle weg.

Поэтому он тут же отдернул ногу от этого места.

Ihm blieb nichts anderes übrig, als das Jucken zu ertragen.

Ему ничего не оставалось, как смириться с зудом.

Und er kehrte in seine vorherige Position im Bett zurück.

И он вернулся в прежнее положение в постели.

„Wer so früh aufwacht, wird echt ziemlich dumm."

«Просыпаться так рано — это действительно глупо».

„Ein Mann braucht genug Schlaf", dachte er sich.

«Человеку нужно высыпаться», — подумал он про себя.

„Die anderen Handelsreisenden leben in Luxus."

«Остальные коммивояжеры живут в роскоши».

„Morgens übermittle ich die erhaltenen Bestellungen."

«Утром я перевожу полученные заказы».

„Währenddessen frühstücken die Herren noch."

«Тем временем эти господа всё ещё завтракают».
„Stellen Sie sich nur vor, ich würde das bei meinem Chef versuchen."
«Только представьте, что было бы, если бы я попытался сделать это со своим начальником».
„Er würde mich feuern, bevor ich mit dem Frühstück fertig bin."
«Он увольнял меня ещё до того, как я успевал доесть завтрак».
„Aber vielleicht wäre das auch nicht das Schlimmste."
«Но, возможно, это тоже не будет худшим вариантом».
„Das Problem ist, dass meine Eltern mich zurückhalten."
«Проблема в том, что родители меня сдерживают».
„Ohne sie hätte ich schon längst gekündigt."
«Если бы не они, я бы уже давно подал в отставку».
„Ich hätte mich dem Chef entgegengestellt und es ihm gesagt."
«Я бы выступил против босса и сказал ему об этом».
„Ich würde genau sagen, was ich von ihm und der Stelle halte."
«Я бы высказал именно то, что думаю о нем и о его работе».
„Er würde vom Schreibtisch fallen, wenn ich ihm alles erzählen würde!"
«Он бы упал со стола, если бы я ему всё рассказала!»
„Es ist sehr seltsam, wie er an seinem Schreibtisch sitzt."
«Очень странно, как он сидит за своим столом».
„Seine Art, mit seinen Untergebenen zu sprechen, ist nicht in Ordnung."
«Он разговаривает со своими подчиненными неправильно».
„Und das Schlimmste ist, dass sein Gehör so schlecht ist."
«И самое ужасное, что у него очень плохой слух».
„Sie haben also keine andere Wahl, als ganz nah bei ihm zu sitzen."
«Поэтому у вас нет другого выбора, кроме как сидеть очень близко к нему».

„Aber trotz allem ist die Hoffnung noch nicht völlig verloren."

«Но, несмотря на все вышесказанное, надежда еще не совсем потеряна».

„Ich werde das Geld sparen, um die Schulden meiner Eltern zu begleichen."

«Я буду копить деньги, чтобы погасить долг родителей».

„Ich kann nichts tun, solange sie ihm noch Geld schulden."

«Я ничего не могу сделать, пока они ему должны деньги».

„Aber wenn die Schulden beglichen sind, werde ich es auf jeden Fall tun."

«Но когда долг будет погашен, я обязательно это сделаю».

„Es wird wahrscheinlich noch fünf bis sechs Jahre dauern."

«Вероятно, на это потребуется еще пять-шесть лет».

"Ja, dann wird die große Trennung definitiv erfolgen."

«Да, тогда масштабное разделение обязательно состоится».

„Fürs Erste muss ich jedoch aufstehen."

«Однако на данный момент мне нужно встать с постели».

„Weil mein Zug um fünf Uhr abfährt."

«Потому что мой поезд отправляется в пять часов».

Gregor blickte auf den tickenden Wecker auf dem Tisch.

Грегор смотрел на тиканье будильника на столе.

"Himmlischer Vater!", dachte er, als er die Uhrzeit sah.

"Небесный Отец!" — подумал он, взглянув на часы.

Halb sieben war schon still und leise vergangen.

Половина шестого уже тихо прошла.

Und die Zeiger der Uhr bewegten sich immer weiter vorwärts.

И стрелки часов продолжали двигаться вперед.

Es war nun fast Viertel vor sieben.

Время приближалось к без пятнадцати семи.

"Vielleicht hat der Wecker nicht geklingelt, um mich zu wecken?", dachte er.

«Может, будильник просто не сработал, чтобы меня разбудить?» — подумал он.

Von seinem Bett aus inspizierte Gregor den Wecker.

Грегор, лежа на кровати, осмотрел будильник.

Der Wecker war korrekt auf vier Uhr eingestellt.

Будильник был правильно установлен на четыре часа.

Er konnte es sich nicht erklären, aber der Alarm musste losgegangen sein.

Он не мог это объяснить, но, должно быть, сработала тревога.

"Wie konnte ich den Wecker verschlafen, ohne es zu merken?"

«Как я мог проспать будильник, ничего не заметив?»

Wenn der Alarm losgeht, wackeln sogar die Möbel.

Когда срабатывает сигнализация, она даже сотрясает мебель.

Er wusste, dass sein Schlaf alles andere als ruhig gewesen war.

Он понимал, что его сон был отнюдь не спокойным.

Aber vielleicht war das der Grund, warum sein Schlaf so viel tiefer war.

Но, возможно, именно поэтому он спал гораздо глубже.

Er musste darüber nachdenken, was er nun tun sollte.

Ему нужно было обдумать, что ему следует делать дальше.

Der nächste Zug fuhr erst um sieben Uhr ab.

Следующий поезд отправился только в семь часов.

Diesen Zug zu erreichen, wäre nahezu unmöglich.

Успеть на этот поезд было бы практически невозможно.

Und die benötigten Textilien hatte er noch nicht eingepackt.

А он еще не упаковал необходимые ему ткани.

Er fühlte sich auch nicht besonders frisch und agil.

Он также не чувствовал себя особенно бодрым и подвижным.

Vielleicht bestand die Möglichkeit, in den Zug einzusteigen.

Возможно, был шанс попасть на поезд.

Doch ein Tadel vom Chef war so oder so unvermeidlich.

Но выговор от начальника был неизбежен в любом случае.

Der Angestellte wäre in den Fünf-Uhr-Zug eingestiegen.

Продавец сел бы на поезд, отправляющийся в пять часов.

Der Büroangestellte war ein willensschwaches Werkzeug des Chefs.

Офисный клерк был бесхребетным порождением босса.

Gregors Abwesenheit wäre also bereits gemeldet worden.

Таким образом, об отсутствии Грегора уже было бы сообщено.

„Was wäre, wenn ich mich krankmelde?", überlegte Gregor.

«А что, если я позвоню и скажу, что заболел?» — подумал Грегор.

Das wäre aber äußerst peinlich und verdächtig.

Но это было бы крайне неловко и подозрительно.

Gregor war in der gesamten Zeit, die er dort arbeitete, nie krank gewesen.

За все время работы там Грегор ни разу не болел.

Und er hatte ihnen bereits fünf Jahre Dienst geleistet.

А ведь он уже отслужил им пять лет.

Die Chancen standen gut, dass der Chef vorbeikommen würde, um nach ihm zu sehen.

Вероятнее всего, начальник придет его проведать.

Er würde wahrscheinlich den Arzt der Krankenversicherung mitbringen.

Вероятно, он приведёт с собой врача, работающего по медицинской страховке.

Und er würde die Eltern für ihren faulen Sohn verantwortlich machen.

И он винил бы родителей в лени их сына.

Sie könnten gegen ihn keine Einwände erheben.

Они не смогли бы ему возразить.

Denn für ihn gab es nur zwei Arten von Arbeitern.

Потому что для него существовали только два типа работников.

Entweder waren die Arbeiter kerngesund oder arbeitsscheu.

Либо рабочие были совершенно здоровы, либо ленивы.

Und läge er mit dieser grundlegenden Analyse überhaupt falsch?

И разве он ошибался бы в этом элементарном анализе?

In diesem Fall hatte er sicherlich ein starkes Argument.

Безусловно, в данном случае у него были веские аргументы.

Trotz seines Aussehens fühlte sich Gregor tatsächlich recht wohl.

Несмотря на свой внешний вид, Грегор чувствовал себя на самом деле довольно хорошо.

Der unnötig lange Schlaf hatte ihn etwas schläfrig gemacht.

Из-за неоправданно долгого сна он немного заснул.

Abgesehen davon konnte er sich aber über keine Krankheit beklagen.

Но помимо этого, он не мог пожаловаться на болезнь.

Er verspürte sogar einen besonders starken und gesunden Hunger.

Он даже испытывал особенно сильный и полезный для здоровья голод.

Während er diesen Gedanken nachging, schlug die Uhr erneut.

Пока он размышлял об этом, часы снова пробили.

Laut Alarm war es jetzt Viertel vor sieben.

Согласно сообщению тревоги, было уже без пятнадцати семь.

Und nun klopfte es auch leise an der Tür.

И тут раздался тихий стук в дверь.

„Gregor", rief ihm jemand zu – es war die Mutter.

«Грегор», — окликнул его кто-то, это была мать.

„Es ist Viertel vor sieben", bestätigte sie den Alarm.

«Сейчас без пятнадцати семь», — подтвердила она тревогу.

"Wolltest du nicht gehen?", fragte die sanfte Stimme.

«Разве ты не хотел уйти?» — спросил мягкий голос.

Gregor erschrak, als er seine eigene Stimme antworten hörte.

Грегор испугался, услышав ответный голос.

Es war immer noch dieselbe Stimme, die er schon immer hatte.

Голос оставался тем же самым, каким он всегда был.

Doch nun mischte sich ein neuer Klang in seine Stimme.

Но теперь в его голосе появился новый оттенок.

Tief aus seinem Inneren entfuhr ihm auch ein schmerzhafter Schrei.

Из глубины его души тоже вырвался болезненный писк.

Zunächst schien seine Stimme die Worte klar zu formen.

Поначалу казалось, что он четко произносит слова.

Doch dann hörte Gregor das Echo seiner Stimme in seinem Kopf.

Но тут Грегор услышал мысленное эхо его голоса.

Die Aufnahme seiner Stimme ist auf seltsame Weise zerbrochen.

Запись его голоса прервалась странным образом.

Und er war sich nicht sicher, ob er richtig gehört hatte.

И он не был уверен, правильно ли он всё расслышал.

Gregor verspürte den starken Wunsch, eine ausführliche Antwort zu geben.

Грегор испытывал сильное желание дать подробный ответ.

Er wollte seiner Mutter alles genau erklären.

Он хотел всё подробно объяснить своей матери.

Doch angesichts der Umstände musste er sich einschränken.

Но, учитывая обстоятельства, ему пришлось себя ограничить.

Und er antwortete viel kürzer, als er es gern getan hätte.

И он ответил гораздо короче, чем ему хотелось бы.

"Ja, Mutter, keine Sorge, danke, ich bin schon wach."

«Да, мама, не волнуйся, спасибо, я уже встала».

Die Holztür trug vermutlich dazu bei, seine Stimme zu dämpfen.

Вероятно, деревянная дверь помогала заглушить его голос.

Draußen blieb die Veränderung in Gregors Stimme unbemerkt.

Снаружи изменение в голосе Грегора осталось незамеченным.

Die Mutter schien mit seiner Erklärung zufrieden zu sein.

Мать, похоже, осталась довольна его объяснением.

Und sie ging genauso leise wieder, wie sie gekommen war.

И она ушла так же тихо, как и пришла.

Doch das kurze Gespräch hatte eine unerwünschte Folge.

Но этот короткий разговор имел нежелательный эффект.

Er erregte die Aufmerksamkeit der anderen Familienmitglieder.

Он привлёк внимание других членов семьи.

Gregor war noch zu Hause und nicht zur Arbeit gegangen.

Грегор всё ещё был дома и не пошёл на работу.

Und nun klopfte auch der Vater an die Seitentür.

И тут отец тоже постучал в боковую дверь.

Er klopfte schwach, aber entschlossen mit der Faust.

Он слабо, но решительно постучал кулаком.

„Gregor, Gregor", rief er, „was ist das Problem?"

«Грегор, Грегор, — позвал он, — в чём дело?»

Nach einer Weile warnte er erneut, diesmal mit tieferer Stimme.

Спустя некоторое время он снова предупредил более низким голосом.

Doch nun klopfte die Schwester an die andere Tür.

Но тут сестра постучала в дверь с другой стороны.

"Gregor? Geht es dir nicht gut?", fragte sie leise.

«Грегор? Тебе плохо?» — тихо спросила она.

„Brauchen Sie irgendetwas?", fragte sie besorgt.

«Вам что-нибудь нужно?» — обеспокоенно спросила она.

Gregor antwortete beiden Seiten: „Ich bin schon fertig."

Грегор ответил обеим сторонам: «Я уже закончил».

Er hatte sich größte Mühe gegeben, alle Wörter sorgfältig auszusprechen.

Он изо всех сил старался произносить все слова тщательно.

Und er entfernte alles Auffällige aus seiner Stimme.

И он убрал все лишнее излишнее из своего голоса.

Auch der Vater schien mit der Antwort zufrieden zu sein.

Отец, похоже, тоже остался доволен ответом.

Und er kehrte zu seinem unvollendeten Frühstück zurück.

И он вернулся к своему недоеденному завтраку.

Doch die Schwester flüsterte: „Gregor, mach auf, ich flehe dich an."

Но сестра прошептала: «Грегор, открой рот, умоляю тебя».

Doch ihre Sorge um ihn konnte ihn in keiner Weise bewegen.

Но её забота о нём никак не могла его тронуть.

Gregor hatte nicht die Absicht, ihr die Tür zu öffnen.

Грегор не собирался открывать ей дверь.

Durch seine Reisen hatte er sich einige vorsichtige Gewohnheiten angeeignet.

Во время путешествий у него выработались некоторые осторожные привычки.

Und er lobte sich selbst dafür, die Türen abgeschlossen zu haben.

И он хвалил себя за то, что запер двери.

Zunächst wollte er in Ruhe und in seinem eigenen Tempo aufstehen.

Сначала он хотел спокойно встать в удобное для себя время.

Und er wollte sich ungestört anziehen.

И, не желая, чтобы его беспокоили, он хотел одеться.

Nachdem er das geschafft hatte, wollte er frühstücken.

После этого он захотел позавтракать.

Erst dann wollte er die Situation weiter überdenken.

Только после этого он решил более подробно обдумать ситуацию.

Er wusste, dass es sinnlos war, im Bett Pläne zu schmieden.

Он понимал, что нет смысла строить планы в постели.

Zu einem vernünftigen Schluss zu gelangen, wäre unmöglich.

Прийти к разумному выводу было бы невозможно.

Es gab schon andere Male, da war er mit leichten Schmerzen aufgewacht.

Бывали и другие случаи, когда он просыпался с лёгкой болью.

Diese Schmerzen erwiesen sich stets als reine Einbildung.

Эти страдания всегда оказывались чистой фантазией.

Beim Aufstehen verschwanden die Schmerzen ausnahmslos.

Когда я вставал с постели, боль неизменно исчезала.

Er war neugierig, was mit diesen Ideen geschehen würde.

Ему было любопытно посмотреть, что произойдет с этими идеями.

Die Veränderung seiner Stimme war wahrscheinlich nur auf eine Erkältung zurückzuführen.

Изменение в его голосе, вероятно, было вызвано просто простудой.

Erkältungen sind für Reisende einfach ein Berufsrisiko.

Для путешественников простуда — это всего лишь профессиональный риск.

Er hatte keinen Zweifel daran, dass dies die logische Erklärung war.

Он нисколько не сомневался, что это было логичное объяснение.

Es gelang ihm mühelos, die Decke von sich zu streifen.

Снять с себя одеяло ему удалось без труда.

Er musste nur einatmen und sich aufblasen.

Ему нужно было всего лишь вдохнуть и надуть себя.

Die Decke rutschte von seinem Körper und landete auf dem Boden.

Одеяло соскользнуло с его тела на пол.

Sein unglaublich breiter Körperbau erschwerte auch andere Dinge.

Его невероятно широкое телосложение создавало трудности и в других отношениях.

Er hätte Arme und Hände gebraucht, um aufzustehen.

Ему понадобились бы руки, чтобы встать.

Aber er hatte nicht mehr die Gliedmaßen, die er früher gehabt hatte.

Но у него уже не было тех конечностей, что были раньше.

Anstelle von Armen und Händen hatte er viele kleine Beine.

Вместо рук у него было множество маленьких ножек.

Und seine Beine bewegten sich ständig, ohne dass er es kontrollieren konnte.

И его ноги постоянно двигались, без его контроля.

Er versuchte, ein Bein zu beugen, aber stattdessen streckte es sich.

Он попытался согнуть одну ногу, но она вместо этого вытянулась.

Schließlich gelang es ihm, ein Bein unter seine Kontrolle zu bringen.

В конце концов ему удалось взять под контроль одну ногу.

Doch dann wurde die Bewegung der anderen Beine freigegeben.

Но затем движение остальных ног возобновилось.

Und seine Beine zuckten vor lauter Aufregung.

И все его ноги дернулись от крайнего возбуждения.

Zuerst wollte er seinen Unterkörper aus dem Bett bekommen.

Сначала он хотел вытащить нижнюю часть тела из постели.

Seinen Unterkörper hatte er aber noch nicht gesehen.

Но он еще не видел его нижнюю часть тела.

Und es erwies sich ohnehin als zu schwierig, diesen Teil zu versetzen.

И в любом случае, переместить эту деталь оказалось слишком сложно.

Schließlich wagte er mit all seiner Kraft einen waghalsigen Schritt.

Наконец, собрав все свои силы, он сделал одно необдуманное движение.

Ohne weiter zu zögern, trat er vorwärts.

Без дальнейших колебаний он двинулся вперед.

Doch er hatte die falsche Richtung eingeschlagen.

Но он выбрал неверное направление движения.

Er schlug mit voller Wucht mit dem Körper gegen den unteren Bettpfosten.

Он с силой ударился телом о нижнюю часть кровати.

Der brennende Schmerz, den er empfand, lehrte ihn eine wertvolle Lektion.

Жгучая боль, которую он испытал, преподала ему ценный урок.

Sein Unterkörper war vielleicht empfindlicher.
Возможно, нижняя часть его тела была более
чувствительной.
**Also versuchte er zuerst, seinen Oberkörper aus dem Bett zu
bekommen.**
Поэтому он попытался сначала подняться с постели,
опираясь на верхнюю часть тела.
Er drehte seinen Kopf vorsichtig in die richtige Richtung.
Он осторожно повернул голову в нужном направлении.
Und schon bald lag sein Kopf am Bettrand.
И вскоре его голова оказалась повернута к краю кровати.
**Diese vorsichtige Vorgehensweise fiel ihm tatsächlich
leicht.**
Это осторожное движение далось ему на самом деле
легко.
**Und weder seine Breite noch sein Gewicht hinderten ihn an
seinen Bewegungen.**
И его ширина и вес не мешали ему двигаться.
**Die Masse seines Körpers folgte langsam der Drehung des
Kopfes.**
Масса его тела медленно менялась вслед за поворотом
головы.
Doch dann streckte er den Kopf über die Bettkante.
Но затем он свесил голову с края кровати.
**Und er sah sich einer neuen Angst gegenüber, über die er
noch nicht nachgedacht hatte.**
И он столкнулся с новым страхом, о котором раньше даже
не задумывался.
**Ein weiteres Vorgehen in dieser Richtung könnte gefährlich
sein.**
Дальнейшее продвижение в этом направлении может
быть опасным.
Er hatte gedacht, er würde sich einfach fallen lassen.
Он думал, что просто позволит себе упасть.
**Es wäre aber ein Wunder, wenn er sich dabei nicht am Kopf
verletzen würde.**
Но было бы чудом, если бы он не повредил голову.

Jetzt war nicht der richtige Zeitpunkt, um ein Bewusstseinsverlustrisiko einzugehen.

Сейчас было не время рисковать потерей сознания.

Vielleicht wäre es doch besser, im Bett zu bleiben.

Возможно, все-таки лучше остаться в постели.

Doch dann musste er denselben Aufwand betreiben, um zurückzukehren.

Но затем ему пришлось приложить те же усилия, чтобы вернуться.

Nach all der Mühe lag er da, genau wie zuvor.

После всех этих усилий он лежал там, как и прежде.

Und nun schienen seine Beine noch wütender zu sein als zuvor.

А теперь его ноги казались еще более воспаленными, чем прежде.

Die Bewegungen seiner Beine waren noch unkontrollierbarer geworden.

Движения его ноги стали еще более неконтролируемыми.

Er sah keinen Ausweg aus seiner Situation.

Он не видел выхода из сложившейся ситуации.

Aus diesem Chaos konnte kein Frieden und keine Ordnung hergestellt werden.

Из этого хаоса невозможно было установить мир и порядок.

Aber er wusste, dass auch im Bett zu bleiben keine Option war.

Но он понимал, что оставаться в постели тоже не вариант.

Alles zu opfern war die vernünftigste Option.

Пожертвовать всем было самым разумным решением.

Er klammerte sich an den kleinsten Hoffnungsschimmer, jemals wieder aufstehen zu können.

Он цеплялся за малейшую надежду встать с постели.

Wenn ihm das gelingt, hat sich das ganze Risiko gelohnt.

Если бы ему это удалось, весь риск оправдался бы.

Doch gleichzeitig erinnerte er sich auch an etwas anderes.

Но одновременно он вспомнил и кое-что ещё.

„Besser als verzweifelte Entscheidungen sind ruhige
Überlegungen.“
«Спокойные размышления лучше, чем отчаянные
решения».
Mit aller Kraft konzentrierte er seinen Blick auf das Fenster.
Он изо всех сил сосредоточил взгляд на окне.
Doch was er sah, stimmte ihn wenig zuversichtlich und
erfreute ihn nicht.
Но увиденное не внушило ему ни уверенности, ни
радости.
Der Morgennebel hüllte die gesamte enge Straße ein.
Утренний туман окутал всю узкую улицу.
Der Wecker klingelte erneut; es war nun sieben Uhr.
Будильник снова зазвонил; теперь было семь часов.
„Es ist bereits sieben Uhr und es ist immer noch so neblig.“
«Уже семь часов, а туман всё ещё стоит».
Eine Zeitlang lag er still da und atmete nur schwach.
Некоторое время он лежал спокойно, дыша лишь слабо.
Vielleicht würde etwas Ruhe eine gewisse Normalität
herbeiführen.
Возможно, тишина помогла бы вернуть ощущение
нормальности.
Völliges Schweigen könnte die wahren Zustände
herbeiführen.
Полная тишина могла бы создать реальные условия.
Doch bevor die Uhr erneut schlug, durchbrach er das
Schweigen.
Но прежде чем часы снова пробили, он нарушил
молчание.
Bevor die Uhr wieder schlägt, muss ich aus dem Bett sein.
«Прежде чем часы снова пробьют, я должен встать с
постели».
„Ich muss bis dahin unbedingt komplett aus dem Bett sein.“
«К этому времени я обязательно должен полностью встать
с постели».
„Nach Viertel nach sieben schickt das Büro jemanden.“
«После четверти седьмого офис пришлёт кого-нибудь».

„Weil das Büro vor sieben Uhr öffnete."
«Потому что офис открылся до семи часов».
Und nun begann er, seinen Körper aus dem Bett zu schaukeln.
И тут он начал раскачиваться, поднимаясь с кровати.
Er hatte aufgehört, sich auf seinen Ober- oder Unterkörper zu konzentrieren.
Он перестал сосредотачиваться на верхней или нижней части тела.
Sein ganzer Körper musste aus dem Bett herausragen.
Ему пришлось полностью оторваться от кровати.
Bei einem Sturz in diese Richtung sollte sein Kopf geschützt sein, dachte er.
Он подумал, что такое падение должно защитить ему голову.
Er hatte geplant, den Kopf zu heben, sobald er auf dem Boden aufschlug.
Он планировал поднять голову, когда упадет на землю.
Sein Rücken schien hart genug für den Aufprall zu sein.
Задняя часть его тела казалась достаточно твердой, чтобы выдержать удар.
Und der Teppich diente dazu, die Landung abzufedern.
А ковер был нужен, чтобы смягчить приземление.
Seine größte Sorge galt jedoch dem Lärm.
Однако больше всего его беспокоил громкий шум.
Das krachende Geräusch würde alle im Haus erschrecken.
Грохот мог напугать всех в доме.
Vielleicht hätten sie keine Angst vor dem lauten Lärm.
Возможно, их не испугал бы громкий шум.
Aber sie wären mit Sicherheit besorgt, wenn sie davon hörten.
Но они наверняка забеспокоились бы, услышав об этом.
Man musste aber das Risiko eingehen, Aufmerksamkeit zu erregen.
Но риск привлечь внимание был неизбежен.
Die neue Methode war eher ein Spiel als eine Anstrengung.

Новый метод больше походил на игру, чем на серьезную работу.

Er musste seinen Körper in plötzlichen und ruckartigen Bewegungen hin und her wiegen.

Ему приходилось резко и отрывисто раскачивать тело.

Gregor war schon halb aus dem Bett aufgestanden.

Грегор уже наполовину встал с кровати.

Nun kam ihm gerade ein neuer Gedanke.

И тут ему в голову пришла новая мысль.

„Es wäre alles so einfach, wenn mir jemand zu Hilfe käme.“

«Всё было бы так просто, если бы кто-нибудь пришёл мне на помощь».

„Zwei kräftige Personen würden völlig ausreichen.“

«Двух сильных людей будет вполне достаточно».

Sein Vater und das Dienstmädchen wären stark genug.

Его отец и служанка будут достаточно сильны.

Sie müssten nur ihre Arme unter seinen Rücken schieben.

Им оставалось лишь просунуть руки ему под спину.

Und dann könnten sie ihn ganz leicht aus dem Bett ziehen.

А потом они без труда могли бы вытащить его из постели.

Vielleicht hätten sie sein Gewicht langsam reduzieren müssen.

Возможно, им пришлось бы постепенно снижать его вес.

Hoffentlich hätten die Beine dann ihren Zweck gefunden.

Надеюсь, тогда ноги нашли бы своё предназначение.

Wäre es nicht letztendlich besser, um Hilfe zu rufen?

"А не лучше ли в итоге позвать на помощь?"

Das Problem war natürlich, dass er die Türen abgeschlossen hatte.

Проблема, конечно, заключалась в том, что он запер двери.

Irgendwie hatte der Gedanke etwas, das ihn amüsierte.

В этой мысли было что-то такое, что его заинтриговало.

Und trotz seiner Notlage konnte er sich ein Lächeln nicht verkneifen.

И несмотря на все трудности, он не смог сдержать улыбку.

Er war schon kurz davor, das Gleichgewicht zu verlieren.

Он уже был близок к тому, чтобы потерять равновесие.

Mit jedem Schwung kam er dem Umkippen vom Bett näher.

С каждым взмахом он приближался к тому, чтобы упасть с кровати.

Bald musste er die endgültige Entscheidung treffen.

Вскоре ему предстояло принять окончательное решение.

In fünf Minuten würde es Viertel nach sieben sein.

Через пять минут должно было быть уже четверть седьмого.

Während er diesen Gedanken nachging, klingelte es an der Tür.

Пока он размышлял об этом, зазвонил дверной звонок.

„Das ist jemand aus dem Büro", sagte er zu sich selbst.

«Это кто-то из офиса», — подумал он про себя.

Und er erstarrte fast vor Angst angesichts des Besuchers.

И он чуть не застыл от страха перед этим посетителем.

Seine Beine tanzten noch wilder als zuvor.

Его ноги двигались еще более неистово, чем прежде.

Doch dann herrschte einen Moment lang Stille.

Но затем на мгновение все затихло.

„Sie werden die Tür nicht öffnen", sagte Gregor zu sich selbst.

«Они не откроют дверь», — подумал Грегор про себя.

Er war noch immer einer sinnlosen Hoffnung verfallen.

Он всё ещё был охвачен какой-то бессмысленной надеждой.

Doch dann ging das Dienstmädchen natürlich zur Tür.

Но тут, разумеется, к двери подошла горничная.

Und wie immer öffnete sie dem Besucher die Tür.

И, как всегда, она открыла дверь посетителю.

Gregor brauchte nur die erste Begrüßung des Besuchers zu hören.

Грегору достаточно было услышать первое приветствие посетителя.

Er konnte sofort erkennen, wer ihn gesucht hatte.

Он сразу понял, кто пришел за ним.

Der Hauptschreiber selbst war gekommen, um nach Samsa zu sehen.

Главный клерк сам пришел проведать Самсу.

Warum war Gregor der Einzige, der zu diesem Schicksal verurteilt wurde?

Почему только Грегор был обречен на такую участь?

Warum musste ausgerechnet er in einer solchen Organisation dienen?

Почему только он должен был служить в такой организации?

Das geringste Versehen weckte sofort Misstrauen.

Малейшая оплошность немедленно вызывала подозрение.

Waren alle Angestellten, die dort arbeiteten, Schurken?

Все ли работавшие там сотрудники были негодяями?

Gab es denn keinen treuen und ergebenen Menschen unter ihnen?

Неужели среди них не было ни одного верного и преданного человека?

Hätten sie nicht einfach einen Lehrling schicken können?

Разве они не могли просто прислать ученика?

War diese ganze Infragestellung überhaupt notwendig?

А были ли все эти вопросы вообще необходимы?

Musste der Bevollmächtigte persönlich erscheinen?

Должен ли был уполномоченный представитель приехать лично?

Musste wirklich die gesamte unschuldige Familie informiert werden?

Нужно ли было сообщать обо всем невиновном члене семьи?

All diese Überlegungen veranlassten Gregor zum Handeln.

Все эти соображения подтолкнули Грегора к действиям.

Er schwang sich mit aller Kraft aus dem Bett.

Он изо всех сил выпрыгнул из постели.

Es gab einen lauten Knall, aber es war eigentlich kein richtiges Geräusch.

Раздался громкий хлопок, но это был не совсем шум.

Der Fall wurde durch den Teppich etwas abgemildert.

Падение было слегка смягчено ковром.

Sein Rücken war elastischer, als Gregor angenommen hatte.

Его спина оказалась более эластичной, чем предполагал Грегор.

Der Klang war also dumpfer und nicht so auffällig.

Поэтому звук стал более приглушенным и не таким заметным.

Doch er hatte seinen Kopf während des Sturzes nicht geschützt.

Но во время падения он не позаботился о своей голове.

Und als er auf den Boden aufschlug, schlug er auch mit dem Kopf auf.

А когда он упал на землю, то ещё и головой ударился.

Er rieb sich vor Wut und Schmerz den Kopf am Teppich.

Он в гневе и боли потёрся головой о ковёр.

Der Manager im Nachbarzimmer hörte jedoch den Lärm.

Но менеджер в соседней комнате услышал шум.

„Da ist etwas hineingefallen", stellte er richtig fest.

«Там что-то упало», — справедливо заметил он.

Gregor versuchte, sich den Manager in seine Lage zu versetzen.

Грегор попытался представить себе менеджера в его ситуации.

„Könnte ihm dasselbe passieren?", fragte er sich.

«Может ли с ним случиться то же самое?» — подумал он.

Er akzeptierte, dass dieses seltsame Ereignis möglich sein könnte.

Он смирился с мыслью, что это странное событие вполне возможно.

Und dann ging der Hauptsekretär ein paar Schritte in den Raum.

Затем главный клерк сделал несколько шагов в комнату.

Es war fast schon eine plumpe Antwort auf seine Frage.

Это был почти грубый ответ на заданный им вопрос.

Seine Lederstiefel knarrten, als er sich der Tür näherte.

Когда он приблизился к двери, его кожаные ботинки заскрипели.

Aus dem Zimmer zu seiner Rechten flüsterte ihm seine Magd zu.

Из комнаты справа от него его служанка что-то прошептала ему.

„Gregor, der Bevollmächtigte, ist hier."

«Грегор, уполномоченный представитель здесь».

„Ich weiß", sagte Gregor, aber nur leise zu sich selbst.

«Знаю», — сказал Грегор, но лишь тихо про себя.

Er wagte es nicht, seine Stimme lauter als ein Flüstern zu erheben.

Он не смел повышать голос выше шепота.

Weil Gregor nicht wollte, dass seine Schwester ihn hörte.

Потому что Грегор не хотел, чтобы его сестра его услышала.

„Gregor", sagte der Vater aus dem Zimmer links.

«Грегор», — сказал отец из комнаты слева.

Der Manager ist gekommen, um nach dem Rechten zu sehen.

«Пришёл менеджер, чтобы выяснить, в чём проблема».

„Er fragte, warum du nicht den frühen Zug genommen hast."

«Он спросил, почему вы не уехали ранним поездом».

„Wir wissen nicht, was wir ihm sagen sollen", sagte der Vater.

«Мы не знаем, что ему сказать», — заявил отец.

„Übrigens möchte er auch persönlich mit Ihnen sprechen."

«Кстати, он также хочет поговорить с вами лично».

„Bitte öffnen Sie die Tür, damit er mit Ihnen sprechen kann."

«Пожалуйста, откройте дверь, чтобы он мог с вами поговорить».

„Er wird so freundlich sein, das Chaos im Zimmer zu entschuldigen."

«Он будет достаточно любезен, чтобы простить беспорядок в комнате».

"Guten Morgen, Herr Samsa", rief ihm der Manager zu.

«Доброе утро, господин Самса», — окликнул его управляющий.

Und er sprach ganz gewiss in freundlicher Weise mit ihm.
И он, безусловно, говорил с ним в дружелюбной манере.

„Es geht ihm nicht gut", sagte die Mutter zum Manager.
«Ему нездорово», — сказала мать управляющему.

„Es geht ihm überhaupt nicht gut, glauben Sie mir, lieber Manager."
«Ему совсем нездорово, поверьте мне, уважаемый менеджер».

"Warum sonst sollte Gregor den Morgenzug verpassen?"
«Иначе зачем бы Грегор опоздал на утренний поезд?»

„Der Junge hat nichts anderes im Kopf als das Geschäft."
«Мальчик думает только о бизнесе».

„Es ärgert mich fast, dass er nichts anderes tut."
«Меня почти раздражает, что он больше ничего не делает».

„Ich wünschte, er würde abends an die frische Luft gehen."
«Жаль, что он не выходит по вечерам подышать свежим воздухом».

„Er war acht Tage geschäftlich in der Stadt."
«Он находился в городе восемь дней по делам».

„Aber er war ja jeden dieser Abende zu Hause."
«Но каждый из этих вечеров он был дома».

„Er sitzt an unserem Tisch und liest die Zeitung."
«Он сидит за нашим столом и читает газету».

„Manchmal studiert er auch die Fahrpläne der Züge."
В другое время он изучает расписания поездов.

„Manchmal beschäftigt er sich mit Tischlerarbeiten."
«Иногда он занимается плотницкими работами».

„Zum Beispiel schnitzte er einen kleinen Bilderrahmen aus Holz."
«Например, он вырезал небольшую деревянную рамку для картины».

„An zwei oder drei Abenden war er mit der Säge beschäftigt."

«В течение двух или трех вечеров он был занят работой с пилой».

„Sie werden staunen, wie hübsch der Bilderrahmen ist."

«Вы будете поражены тем, насколько красива эта рамка для картины».

„Er hat den Bilderrahmen in seinem Zimmer aufgehängt."

«Он повесил рамку с картиной у себя в комнате».

„Wenn er die Tür öffnet, werden Sie seine Holzarbeiten sehen."

«Когда он откроет дверь, вы увидите его деревянную отделку».

„Übrigens freut es mich, dass Sie hier sind, Herr Prokurist."

«Кстати, я рад, что вы здесь, господин Прокурист».

„Wir allein hätten Gregor nicht dazu bringen können, die Tür zu öffnen."

«Мы одни не смогли бы заставить Грегора открыть дверь».

„Er ist so stur", gestand seine Mutter dem Angestellten.

«Он такой упрямый», — призналась его мать продавцу.

„Er ist ganz sicher krank, obwohl er das vorher bestritten hat."

«Он определенно нездоров, хотя и отрицал это раньше».

„Ich komme gleich", sagte Gregor langsam und bedächtig.

«Я сейчас же приду», — медленно и осторожно произнес Грегор.

Doch er machte keine Anstalten, sich der Tür des Zimmers zuzuwenden.

Но он не сделал ни шага в сторону двери комнаты.

Er wollte kein Wort des Gesprächs verpassen.

Он не хотел упустить ни слова из разговора.

Der Hauptsekretär stimmte der Einschätzung der Mutter zu.

Главный секретарь согласился с оценкой матери.

"Ich kann es Ihnen auch nicht anders erklären, Madam."

«Я тоже не могу объяснить это иначе, мадам».

„Hoffen wir alle, dass er keine schwere Krankheit hat", sagte er.

«Будем надеяться, что у него нет серьезных заболеваний», — сказал он.

„Andererseits stellt es eine Gefahr in unserer Branche dar."

«С другой стороны, это представляет опасность для нашей отрасли».

„Wir Geschäftsleute müssen oft Unannehmlichkeiten überwinden."

«Нам, деловым людям, часто приходится преодолевать дискомфорт».

„Profis müssen leichte Schmerzen einfach aushalten."

«Профессионалам нужно лишь преодолевать небольшие трудности».

Währenddessen klopfte sein Vater erneut an die andere Tür.

Тем временем его отец снова постучал в другую дверь.

„Kann der Hauptsekretär jetzt hereinkommen?", wollte er wissen.

«Может ли сейчас войти главный клерк?» — хотел он узнать.

"Nein, das kann er nicht", antwortete Gregor auf die Frage seines Vaters.

«Нет, он не может», — ответил Грегор на вопрос отца.

Im Raum links von uns herrschte betretenes Schweigen.

В комнате слева повисла неловкая тишина.

Im Zimmer rechts begann die Schwester zu schluchzen.

В комнате справа сестра начала рыдать.

Warum war die Schwester nicht zu den anderen gegangen?

Почему сестра не пошла к остальным?

Sie war wahrscheinlich gerade erst aufgestanden, dachte er.

Наверное, она только что встала с постели, подумал он.

Vielleicht hatte sie noch gar nicht angefangen, sich anzuziehen.

Возможно, она еще даже не начала одеваться.

Gregor aber verstand nicht, warum sie weinte.

Но Грегор не мог понять, почему она плачет.

Lag es daran, dass er nicht aufgestanden war und den Manager hereingelassen hatte?

Может быть, это потому, что он не встал и не впустил менеджера?

Lag es daran, dass er Gefahr lief, seinen Job zu verlieren?

Возможно, это было связано с тем, что ему грозила потеря работы?

Könnte der Chef wie früher gegen die Eltern vorgehen?

Может ли начальник, как и прежде, начать преследовать родителей?

Würde er seine alten Forderungen an sie wiederholen?

Собирался ли он снова выдвинуть против них прежние требования?

Diese Dinge waren wahrscheinlich unnötig.

Вероятно, беспокоиться об этих вещах не стоило.

Im Moment hatte sie keinen Grund zu weinen.

На данный момент у неё не было причин плакать.

Gregor war noch da und sorgte für seine Familie.

Грегор всё ещё был здесь и обеспечивал семью.

Und er hatte nie die Absicht, die Familie zu verlassen.

И у него никогда не было намерения покидать семью.

Im Moment lag er einfach nur da auf dem Teppich.

Пока что он просто лежал на ковре.

Die Familie wusste nichts von seinem Zustand.

Семья не знала, в каком он состоянии.

Hätten sie das gewusst, hätten sie seinen Chef nicht ermutigt.

Если бы они знали, то не стали бы подстрекать его начальника.

Sie hätten nicht einmal den Manager ins Haus gelassen.

Они бы даже управляющего в дом не пустили.

Ihn abzuweisen wäre nicht besonders unhöflich gewesen.

Отказать ему было бы не особенно невежливо.

Er hätte später problemlos eine passende Ausrede finden können.

Позже он вполне мог бы найти подходящий предлог.

Dafür hätte er nicht entlassen werden können.

За это его нельзя было уволить.

Gregor war der Ansicht, dass es jetzt vernünftiger wäre, allein gelassen zu werden.

Грегор посчитал, что сейчас будет разумнее оставить его одного.

Ihn durch Weinen und Reden zu stören, brachte wenig.

Беспокоить его плачем и разговорами мало что дало.

Doch die anderen beunruhigte die Ungewissheit.

Но остальных беспокоила именно неопределенность.

Und genau diese Unsicherheit entschuldigte ihr Verhalten.

Именно эта неуверенность и оправдывала их поведение.

„Herr Samsa!", rief der Manager mit erhobener Stimme.

«Господин Самса», — повысив голос, окликнул менеджер.

„Was ist los mit dir?", wollte er wissen.

«Что с тобой происходит?» — хотел он узнать.

„Du hast dich in deinem Zimmer verbarrikadiert."

«Вы забаррикадировались в своей комнате».

„Sie antworten nur mit ‚Ja' oder ‚Nein'."

«Вы отвечаете только „да" или „нет"».

„Du bereitest deinen Eltern große Sorgen."

«Вы доставляете своим родителям серьезные поводы для беспокойства».

„Ich sehe keinen guten Grund, warum Sie sie beunruhigen sollten."

«Я не вижу веских причин, по которым вы могли бы их беспокоить».

„Es gibt da noch eine Sache, die ich nebenbei erwähnen möchte."

«Есть ещё один момент, о котором я хотел бы упомянуть вскользь».

„Sie vernachlässigen auch Ihre geschäftlichen Pflichten uns gegenüber."

«Вы также пренебрегаете своими деловыми обязанностями перед нами».

„Eine solche Verantwortungslosigkeit entspricht so gar nicht Ihrem Charakter."

«Такая безответственность совершенно не свойственна вашему характеру».

„Ich spreche hier im Namen Ihrer Eltern und Ihres Chefs."

«Я выступаю здесь от имени ваших родителей и вашего начальника».

„Und ich bitte Sie um eine sofortige und klare Erklärung."

«И я прошу вас немедленно и четко объяснить ситуацию».
„Das Ganze erstaunt mich wirklich, das muss ich sagen."
«Должен сказать, меня всё это действительно поражает».
„Ich dachte, ich kenne dich als ruhigen und vernünftigen Menschen."
«Мне казалось, что я знаю вас как спокойного и рассудительного человека».
„Aber jetzt zeigst du uns eine andere Seite von dir."
«Но теперь вы показываете нам другую свою сторону».
„Plötzlich zeigst du deine ganz eigenen Launen."
«Внезапно вы начинаете проявлять свои весьма странные прихоти».
„Aber es könnte eine Erklärung für Ihr Scheitern geben."
«Но, возможно, есть объяснение вашей неудаче».
„Der Chef erwähnte eine Forderung, die Sie für uns eingetrieben hatten."
«Начальник упомянул о долге, который вы для нас взыскали».
"Ich habe dem Chef in Ihrem Namen mein Ehrenwort gegeben."
«Я дал начальнику слово чести от вашего имени».
„Aber jetzt sehe ich deine unverständliche Sturheit."
«Но теперь я вижу ваше непостижимое упрямство».
"Vielleicht verliere ich auch noch jegliche Lust, dir überhaupt zu helfen."
«Возможно, я всё ещё потеряю всякое желание вам помогать».
„Ihre Arbeitsplatzsicherheit ist keineswegs völlig stabil."
«Ваша профессиональная стабильность отнюдь не гарантирована».
„Eigentlich wollte ich euch das alles unter vier Augen erzählen."
«Изначально я собирался рассказать вам обо всем этом наедине».
„Aber jetzt sehe ich, dass Sie wollen, dass ich hier meine Zeit verschwende."

«Но теперь я вижу, что вы хотите, чтобы я потратил здесь время впустую».

„Ich sehe also keinen Grund, warum deine Eltern das nicht wissen sollten."

«Поэтому я не вижу причин, почему ваши родители не должны об этом знать».

„Ihre Leistungen in letzter Zeit waren nicht zufriedenstellend."

«Ваши последние результаты неудовлетворительны».

„Ich räume ein, dass die Verkäufe zu dieser Jahreszeit langsamer laufen."

«Я признаю, что в это время года продажи идут медленнее».

„Aber es gibt keine Jahreszeit, in der es keine Verkäufe gibt."

«Но не бывает такого времени года, когда распродажи прекращаются».

Für einen Moment vergaß Gregor alles um sich herum.

На мгновение Грегор забывает обо всём, что его окружает.

„Aber Herr Prokurist!", rief Gregor verzweifelt aus.

«Но господин Прокурист!» — в отчаянии воскликнул Грегор.

"Ich öffne die Tür sofort, jetzt gleich, keine Sorge."

«Я сейчас же открою дверь, не волнуйтесь».

„Das Problem ist, dass ich mich ziemlich unwohl fühle."

«Проблема в том, что я чувствую себя довольно плохо».

„Mir war schwindelig, deshalb konnte ich die Tür nicht erreichen."

«Из-за головокружения я не смог дойти до двери».

„Ich liege zwar noch im Bett, aber es geht mir schon viel besser."

«Я всё ещё лежу в постели, но чувствую себя намного лучше».

"Einen Moment bitte, ich stehe gerade erst auf."

«Одну минутку, пожалуйста, я только что встал с постели».

"Einen Moment Geduld, Herr Prokurist, ist alles, worum ich
bitte."
«Прошу лишь немного терпения, господин Прокурист».
„Es läuft nicht so gut, wie ich dachte, aber ich werde es
schon schaffen."
«Всё идёт не так хорошо, как я думал, но я справлюсь».
"Wie kann so etwas einem Menschen so schnell passieren?"
«Как такое может случиться с человеком так быстро?»
„Mir ging es gestern Abend gut, das wissen meine Eltern."
«Вчера вечером я чувствовал себя прекрасно, мои
родители это знают».
„Aber vielleicht hatte ich damals schon eine kleine
Vorahnung."
«Но, возможно, у меня уже тогда было небольшое
предчувствие».
„Man könnte sich fragen, warum ich es nicht im Büro
gemeldet habe."
«Вы можете спросить, почему я не сообщил об этом в
офис».
„Ich dachte, ich würde mich morgen früh wieder viel besser
fühlen."
«Я думал, что утром мне станет намного лучше».
„Man denkt immer, dass sie die Krankheit bis dahin besiegt
haben werden."
«Всегда кажется, что к тому времени болезнь уже будет
побеждена».
„Aber bitte! Verschonen Sie meine Eltern vor diesen
Anschuldigungen!"
«Но пожалуйста! Избавьте моих родителей от этих
обвинений!»
„Mir wurde kein Wort von dem erzählt, was Sie mir erzählt
haben."
«Мне ни слова не сказали о том, что вы мне рассказали».
„Sie haben möglicherweise die letzten von mir versandten
Befehle nicht gelesen."
«Возможно, вы не читали мои последние распоряжения».

„Übrigens, du brauchst dir heute keine Sorgen um mich zu machen."

«Кстати, сегодня вам не о чем беспокоиться обо мне».

„Ich werde trotzdem den Zug um acht Uhr nehmen."

«Я всё равно поеду на поезде в восемь часов».

„Die wenigen Stunden Ruhe haben mich ausreichend gestärkt."

«Несколько часов отдыха меня достаточно окрепли».

"Sie müssen wirklich nicht warten, Manager."

«Вам действительно нет необходимости ждать, менеджер».

„Auch ich werde schon bald im Büro sein."

«Я тоже скоро буду в офисе».

"Und bitte seien Sie so freundlich, ein gutes Wort für mich einzulegen."

«И пожалуйста, будьте так любезны и замолвите за меня словечко».

Gregor hatte seine Erklärung recht hastig vorgetragen.

Грегор изложил свое объяснение довольно поспешно.

Er wusste selbst kaum, was er eigentlich sagen wollte.

Он едва ли понимал, что на самом деле пытается сказать.

Er ging zu der Kiste und versuchte, sich daran hochzuziehen.

Он подошел к коробке и попытался использовать ее, чтобы встать.

Er hatte wirklich die feste Absicht, die Tür zu öffnen.

Он действительно намеревался открыть дверь.

Er wollte vom Bevollmächtigten empfangen werden.

Он хотел, чтобы его осмотрел уполномоченный представитель.

Und er wollte das Problem persönlich mit ihm lösen.

И он хотел решить проблему лично с ним.

Er war gespannt darauf, wie die anderen auf ihn reagieren würden.

Ему не терпелось узнать, как отреагируют на него другие.

Sie sind bestimmt inzwischen auch gespannt darauf, wie es ihm geht.

Наверняка им тоже не терпится узнать, как у него дела.

Es gab zwei mögliche Arten, wie sie auf ihn reagieren konnten.

Они могли отреагировать на него двумя способами.

Eine Möglichkeit war, dass sie Angst bekommen würden.

Одна из возможных причин заключалась в том, что они испугались.

Wenn sie Angst hatten, dann trug er keine Verantwortung.

Если они испугались, то он не несёт никакой ответственности.

Und dann müsste er sich keine Sorgen mehr um die Situation machen.

И тогда ему не пришлось бы беспокоиться об этой ситуации.

Es gab aber auch noch eine andere Möglichkeit, die man in Betracht ziehen musste.

Но был и другой вариант, который стоило обдумать.

Vielleicht würden sie ihn so, wie er war, einfach hinnehmen.

Возможно, они спокойно примут его таким, какой он есть.

Dann hätte auch Gregor keinen Grund, sich aufzuregen.

Тогда у Грегора тоже не было бы причин расстраиваться.

Es bliebe noch genügend Zeit, den Zug zu erreichen.

Времени ещё хватит, чтобы сесть на поезд.

Das Aufrechtstehen war jedoch alles andere als einfach.

Однако стоять прямо было отнюдь не простой задачей.

Bei seinen ersten Versuchen rutschte er von der Kiste ab.

При первых нескольких попытках он соскользнул с ящика.

Die Kiste war zu glatt, als dass er sich dagegen stemmen konnte.

Коробка была слишком гладкой, чтобы он мог устоять на ней.

Und schließlich gab er sich noch einen letzten Anstoß, um aufzustehen.

И наконец, он сделал последнюю попытку подняться.

Er schenkte den Schmerzen in seinem Bauch keine Beachtung mehr.

Он перестал обращать внимание на боль в животе.

Egal wie groß der Schmerz sein würde, er würde es durchstehen.

Какую бы боль он ни испытывал, он её преодолеет.

Er ließ sich gegen die Lehne eines nahegelegenen Stuhls fallen.

Он плюхнулся на спинку стоящего рядом стула.

Und er hielt sich mit seinen kleinen Beinchen am Rand fest.

И он держался за края своими маленькими ножками.

Zu diesem Zeitpunkt hatte er sich besser im Griff.

К этому моменту он стал лучше контролировать себя.

Und sein Fall war stiller als der vorherige.

И его падение было более тихим, чем предыдущее.

Weil er dem Manager zuhören musste.

Потому что ему приходилось слушать, что говорил менеджер.

„Habt ihr irgendetwas davon verstanden?", fragte er die Eltern.

«Вы хоть что-нибудь из этого поняли?» — спросил он родителей.

"Er würde uns doch nicht zum Narren halten, oder?"

«Он же не станет нас дураками выставлять, правда?»

„Um Gottes Willen!", rief die Mutter und weinte bereits.

«Ради Бога!» — воскликнула мать, уже плача.

„Er könnte schwer krank sein und wir quälen ihn."

«Возможно, он серьезно болен, а мы его мучаем».

"Grete! Grete!", schrie sie ihrer Tochter zu.

"Грете! Грете!" — закричала она дочери.

„Mutter?", rief die Schwester von der anderen Seite.

"Мама?" — позвала сестра с другой стороны.

Dann kommunizierten sie durch Gregors Zimmer.

Затем они общались через комнату Грегора.

„Gregor ist sehr krank und braucht Medikamente."

«Грегор очень болен, и ему нужны лекарства».

„Sie müssen sofort zum Arzt gehen."

«Вам необходимо немедленно обратиться к врачу».

Hast du gehört, wie Gregor eben gesprochen hat?

«Вы слышали, как только что говорил Грегор?»

„Das war die Stimme eines Tieres", sagte der Manager.

«Это был голос животного», — сказал менеджер.

Seine Worte waren leise im Vergleich zu den Schreien der Mutter.

Его слова звучали тихо по сравнению с криками матери.

"Anna! Anna!", rief der Vater durch das Vorzimmer.

"Анна! Анна!" — крикнул отец из прихожей.

Und er klatschte in die Hände, um ihre Aufmerksamkeit zu erregen.

И он захлопал в ладоши, чтобы привлечь их внимание.

"Holt sofort einen Schlüsseldienst!", befahl er dem Dienstmädchen.

«Немедленно вызовите слесаря!» — приказал он горничной.

Die Mädchen rannten in ihren Röcken durch das Vorzimmer.

Девушки в юбках пробежали через прихожую.

Und ihre Röcke raschelten, als sie an seinem Zimmer vorbeiliefen.

Их юбки шелестели, когда они пробегали мимо его комнаты.

„Wie konnte sich die Schwester so schnell anziehen?", dachte er.

«Как сестра так быстро оделась?» — подумал он.

Die Tür war aufgerissen, aber nicht zugeschlagen.

Дверь была распахнута, но не захлопнута.

Dies kommt häufig in Haushalten vor, in denen ein großes Unglück geschieht.

Это часто случается в семьях, где происходит большое несчастье.

All das hatte Gregor jedoch deutlich ruhiger gemacht.

Но всё это значительно успокоило Грегора.

Als er seine eigenen Worte hörte, erschienen sie ihm klar.

Когда он услышал свои собственные слова, они показались ему ясными.

Tatsächlich war er der Ansicht, seine Worte seien eigentlich klarer gewesen.

На самом деле, он считал, что его слова были даже яснее.

Die anderen aber verstanden nicht mehr, was er sagte.

Но остальные уже не понимали, что он говорит.

Vielleicht hatte er sich inzwischen an seine Ohren gewöhnt.

Возможно, к этому моменту он уже привык к своим ушам.

Aber zumindest verstanden sie seine Situation jetzt besser.

Но, по крайней мере, теперь они лучше понимали его ситуацию.

Sie erkannten, dass mit ihm tatsächlich etwas nicht stimmte.

Они поняли, что с ним действительно что-то не так.

Und sie taten nun alles, was sie konnten, um ihm zu helfen.

И теперь они делали все возможное, чтобы помочь ему.

Dies gab Gregor ein Gefühl des Selbstvertrauens, das ihm gefehlt hatte.

Это придало Грегору чувство уверенности, которого ему так не хватало.

Und er fühlte sich in der Familie wieder viel sicherer.

И он снова почувствовал себя гораздо увереннее в семье.

Er hatte das Gefühl, wieder in den menschlichen Kreis aufgenommen zu sein.

Он почувствовал, что снова стал частью человеческого круга.

Nun musste er hoffen, dass der Schlüsseldienst die Tür öffnen konnte.

Теперь ему оставалось только надеяться, что слесарь сможет открыть дверь.

Und er hoffte, der Arzt könne solche Aufgaben ausführen.

И он надеялся, что доктор сможет выполнить такие задачи.

Er würde bald wieder mehr reden müssen.

Ему вскоре снова придётся много говорить.

Seine Stimme musste so klar wie möglich sein.

Его голос должен был быть максимально чистым.

Zur Vorbereitung auf das Treffen räusperte er sich.

Чтобы подготовиться к встрече, он откашлялся.

Er bemühte sich jedoch, nur sehr leise zu husten.

Однако он изо всех сил старался кашлять очень тихо.

Das Geräusch klang möglicherweise anders als ein
menschlicher Husten.

Этот звук мог отличаться от обычного человеческого
кашля.

Er wusste, dass er solche Dinge nicht mehr unterscheiden
konnte.

Он понимал, что больше не может различать подобные
вещи.

Im Nebenzimmer war es vollkommen still geworden.

В соседней комнате воцарилась полная тишина.

Die Eltern saßen wahrscheinlich am Tisch.

Вероятно, родители сидели за столом.

Möglicherweise flüsterten sie mit dem Manager.

Возможно, они перешептывались с менеджером.

Vielleicht lehnten alle an der Tür und lauschten.

Возможно, все прислонились к двери и прислушивались.

Gregor schob den Stuhl langsam in Richtung Tür.

Грегор медленно подтолкнул стул к двери.

Er stemmte sich gegen die Tür und hielt sich aufrecht.

Он толкнул дверь и выпрямился.

Er stellte fest, dass sich an seinen Fußsohlen ein wenig
Klebstoff befand.

Он обнаружил, что на подушечках его стоп есть немного
клея.

Und er ruhte sich dort einen Moment lang von der
Anstrengung aus.

И он на мгновение отдохнул, преодолев напряжение.

Nachdem er sich ausreichend ausgeruht hatte, begann er mit
der nächsten Aufgabe.

Достаточно отдохнув, он приступил к следующему
заданию.

Er begann, den Schlüssel mit dem Mund im Schloss zu
drehen.

Он начал поворачивать ключ в замке ртом.

Leider schien er gar keine Zähne zu haben.

К сожалению, похоже, у него вообще не было зубов.

Aber welche andere Möglichkeit hätte er gehabt, an die Schlüssel zu gelangen?

Но каким еще способом он мог заполучить ключи?

Zum Glück für ihn waren seine Kiefer natürlich sehr kräftig.

К счастью для него, его челюсти, конечно же, были очень сильными.

Mit Hilfe seiner Kiefermuskeln brachte er den Schlüssel tatsächlich in Bewegung.

С помощью своих челюстей он действительно смог сдвинуть ключ с места.

Er hatte keinen Zweifel daran, dass er sich damit auch selbst schadete.

Он нисколько не сомневался, что причиняет вред и самому себе.

Weil eine braune Flüssigkeit aus seinem Mund kam.

Потому что изо рта у него вытекала коричневая жидкость.

Die braune Flüssigkeit ergoss sich über den Schlüssel und die Tür hinunter.

Коричневая жидкость потекла по ключу и стекала по двери.

Aber Gregor kümmerte es nicht, dass er sich selbst schadete.

Но Грегора не волновало, что он причиняет себе вред.

„Können Sie das hören?", fragte der Manager im Nebenraum.

«Вы это слышите?» — спросил менеджер в соседней комнате.

„Er dreht den Schlüssel um", hatte der Manager bemerkt.

«Он поворачивает ключ», — заметил менеджер.

Diese Worte waren eine große Ermutigung für Gregor.

Эти слова стали для Грегора огромным ободрением.

Aber auch Vater und Mutter hätten rufen sollen:

Но отец и мать тоже должны были крикнуть:

„Gut gemacht, Gregor!", hätten sie ihm zurufen sollen.

«Молодец, Грегор!» — следовало бы им крикнуть ему.

„Immer weiter, immer weiter am Schlüssel drehen, du schaffst das."

«Продолжай, продолжай поворачивать ключ, у тебя всё получится».

Stattdessen musste Gregor sich ihre Begeisterung vorstellen.

Но Грегору оставалось лишь представить их восторг.

Er presste die Zähne zusammen mit aller Kraft, die er hatte.

Он сжал челюсти изо всех сил.

Und er drehte den Schlüssel weiter im Schloss.

И он продолжал вращать ключ в замке.

Sein Körper wand sich schmerzhaft im Kreis.

Его тело мучительно извивалось по кругу.

Er konnte sich nur noch mit dem Mund aufrecht halten.

Теперь он держался в вертикальном положении, опираясь только на рот.

Um den Schlüssel weiterzudrehen, drückte er gegen die Tür.

Чтобы продолжить поворачивать ключ, он надавливал на дверь.

Schließlich weckte das Knacken des Schlosses Gregor wieder auf.

Наконец, щелчок замка снова разбудил Грегора.

„Ich brauchte also keinen Schlüsseldienst", seufzte er erleichtert.

«Значит, мне не понадобился слесарь», — вздохнул он с облегчением.

Jetzt musste er nur noch die Tür öffnen, die er aufgeschlossen hatte.

Теперь ему оставалось только открыть дверь, которую он отпер.

Und mit dem Kopf auf dem Türgriff öffnete er die Tür.

И, положив голову на ручку, он открыл дверь.

Er befand sich hinter der Tür, die in sein Zimmer führte.

Он находился за дверью, которая вела в его комнату.

Die Tür war also schon offen, bevor man ihn sehen konnte.

Поэтому дверь уже была открыта, прежде чем его удалось увидеть.

Als Nächstes musste er sich um die Tür herummanövrieren.

Затем ему пришлось протиснуться вокруг самой двери.

Diese schwierige Bewegung erforderte auch viel Mühe.

Это сложное движение также потребовало больших усилий.

Er wollte nicht ungeschickt in den nächsten Raum fallen.

Он не хотел неуклюже упасть в соседнюю комнату.

So hatte er keine Zeit, sich auf irgendetwas anderes zu konzentrieren.

Поэтому у него не было времени обращать внимание ни на что другое.

Doch dann hörte er den Hauptsekretär laut „Oh!" ausrufen.

Но тут он услышал, как главный клерк громко воскликнул: «О!»

Es klang, als würde der Wind durchs Haus rauschen.

Звук был такой, будто ветер свистел в доме.

Er war zufällig derjenige, der der Tür am nächsten stand.

Так уж получилось, что он оказался ближе всех к двери.

Und als er ihn nun sah, presste er die Hand an den Mund.

И тут, увидев его, он прикрыл рот рукой.

Langsam bewegte er sich rückwärts, weg von Gregor.

Он медленно отступил назад, подальше от Грегора.

Aber es war, als ob eine unsichtbare Kraft auf ihn einwirkte.

Но казалось, будто на него действовала невидимая сила.

Das Erste, was die Mutter tat, war, den Vater anzusehen.

Первое, что сделала мать, — посмотрела на отца.

Trotz der Anwesenheit des Managers war ihr Haar zerzaust.

Несмотря на присутствие менеджера, ее волосы были растрепаны.

Sie verschränkte die Arme und machte zwei Schritte nach vorn.

Она расправила руки и сделала два шага вперед.

Doch dann brach sie mitten in ihrem Rock zusammen.

Но затем она упала, едва держась за юбку.

Ihr Kleid breitete sich um sie herum auf dem Boden aus.

Ее платье расплылось по полу.

Und ihr Kopf verschwand auf ihren eigenen Brüsten.

И её голова слилась с собственной грудью.

Der Vater ballte mit feindseligem Gesichtsausdruck die Faust.

Отец сжал кулак с враждебным выражением лица.

Er schien Gregor zurück in sein Zimmer drängen zu wollen.

Похоже, он хотел, чтобы Грегора оттеснили обратно в его комнату.

Dann blickte er unsicher im Wohnzimmer umher.

Затем он неуверенно оглядел гостиную.

Und schließlich bedeckte er seine Augen mit den Händen.

И наконец, он закрыл глаза руками.

Und er weinte bitterlich, bis seine mächtige Brust erbebte.

И он горько плакал, пока не задрожала его могучая грудь.

Gregor betrat ihr Zimmer tatsächlich gar nicht.

Грегор на самом деле вообще не заходил в их комнату.

Stattdessen lehnte er sich an den Türrahmen.

Вместо этого он прислонился к дверному косяку.

Von außen war nur die Hälfte seines Körpers sichtbar.

Снаружи была видна лишь половина его тела.

Und auf seinem Körper befand sich sein Kopf, zur Seite geneigt.

А над его телом находилась голова, наклоненная вбок.

Das Licht war inzwischen viel heller geworden als zuvor.

К этому моменту свет стал намного ярче, чем прежде.

Man konnte nun deutlich die andere Straßenseite sehen.

Теперь отчетливо была видна другая сторона улицы.

Ein Teil des endlosen, grauen Krankenhauses gab sich zu erkennen.

Перед нами открылся фрагмент бесконечного серого здания больницы.

Der Morgenregen hatte noch nicht ganz aufgehört.

Утренний дождь еще не прекратился совсем.

Doch nun waren die Regentropfen größer und weiter voneinander entfernt.

Но теперь капли дождя стали крупнее и располагались дальше друг от друга.

Das Frühstücksbuffet war in Hülle und Fülle vorhanden.

На столе было в изобилии представлено множество блюд для завтрака.

Der Vater hielt das Frühstück für die wichtigste Mahlzeit.

Отец считал завтрак самым важным приемом пищи.

Das Frühstück war eine Mahlzeit, die er stundenlang in die Länge zog.

Завтрак для него был приемом пищи, который он растягивал на несколько часов.

Und in diesen Stunden las er die verschiedenen Zeitungen.

И в эти часы он читал различные газеты.

Direkt gegenüber hing ein Foto von Gregor.

На противоположной стене висела фотография Грегора.

Das Foto an der Wand zeigte ihn als Leutnant.

На фотографии на стене он был изображен в звании лейтенанта.

Es war ein Foto aus seiner Zeit beim Militär.

Это была фотография времен его службы в армии.

Seine Hand ruhte auf seinem Schwert, und er hatte ein unbeschwertes Lächeln im Gesicht.

Его рука лежала на мече, и на лице была беззаботная улыбка.

Seine Haltung und seine Uniform flößten einen gewissen Respekt ein.

Его осанка и форма внушали определенное уважение.

Die andere Tür, die zum Vorzimmer führte, war ebenfalls offen.

Другая дверь, ведущая в прихожую, тоже была открыта.

Und die Tür zur Wohnung war auch noch offen.

И дверь в квартиру тоже оставалась открытой.

Man konnte bis zum Vorhof des Wohnhauses sehen.

Отсюда открывался вид на всю территорию перед домом.

Und dann führte die Treppe hinunter auf die Straße.

А затем лестница вела вниз, на улицу.

Gregor war der Einzige, der die Fassung bewahrt hatte.

Грегор был единственным, кто сохранил самообладание.

Er hat das gesehen, daher lag die Verantwortung für das Gespräch bei ihm.

Он это видел, поэтому ответственность за этот разговор лежала на нём.

"So, ich werde mich jetzt für die Arbeit anziehen", sagte er.

«Ну, а я пойду оденусь на работу», — сказал он.

„Sobald ich die Textilmuster verpackt habe, werde ich abreisen.“

«После того, как я упакую образцы ткани, я уйду».

"Beabsichtigen Sie immer noch, mich zu entlassen, Herr Prokurist?"

«Вы по-прежнему намерены меня уволить, господин Прокурист?»

„Wie Sie sehen, bin ich nicht so stur, wie Sie dachten.“

«Как видите, я не такой упрямый, как вы думали».

„Und Sie können sehen, dass ich doch gerne arbeite.“

«И, как видите, мне все-таки нравится работать».

„Ich kann zugeben, dass Reisen aus beruflichen Gründen nicht einfach ist.“

«Могу признать, что ездить в командировки непросто».

„Aber ich kann auch akzeptieren, dass es Teil meines Jobs ist.“

«Но я также могу смириться с тем, что это часть моей работы».

"Manager, wo gehen Sie hin? Zurück ins Büro?"

«Менеджер, куда вы идёте? Обратно в офис?»

„Werden Sie alles, was Sie gesehen haben, wahrheitsgemäß berichten?“

«Вы честно расскажете обо всем, что видели?»

„Manchmal kommt es vor, dass man nicht zur Arbeit gehen kann.“

«Иногда случается, что человек не может пойти на работу».

„Das ist der richtige Zeitpunkt, um sich an vergangene Erfolge zu erinnern.“

«Сейчас самое время вспомнить о прошлых достижениях».

„Nachdem die Schwierigkeit beseitigt wurde, funktioniert es sogar noch besser.“

«Устранив сложность, работа становится еще лучше».

„Mein Fleiß und meine Konzentration werden zunehmen.“

«Моя усердие и концентрация внимания должны
возрасти».
"Sie wissen ganz genau, dass ich dem Chef etwas schulde."
«Вы прекрасно знаете, что я в долгу перед начальником».
„Aber ich mache mir auch Sorgen um meine Eltern und
meine Schwester."
«Но я также беспокоюсь о своих родителях и сестре».
„Ich stecke in einer schwierigen Lage, aber ich werde einen
Weg finden, da wieder herauszukommen."
«Я оказался в затруднительном положении, но я из него
выберусь».
„Macht es nicht noch schwieriger, als es ohnehin schon ist."
«Не усложняйте ситуацию еще больше, чем она уже есть».
„Als Kollegen müssen wir uns auch gegenseitig helfen."
«Как коллеги, мы тоже должны помогать друг другу».
„Ich weiß, dass die Büroangestellten die Reisenden nicht
mögen."
«Я знаю, что офисные работники не любят
путешественников».
„Ihr glaubt, wir verdienen ein Vermögen und führen ein
gutes Leben."
«Вы думаете, мы зарабатываем целое состояние и живём
хорошей жизнью?»
„Sie haben keinen wirklichen Grund, ihre Vorurteile zu
hinterfragen."
«У них нет реальных оснований задумываться о своих
предрассудках».
„Sie als befugter Beamter haben jedoch eine andere Rolle."
«Но у вас, уполномоченного лица, другая роль».
„Sie haben einen besseren Überblick als die anderen
Mitarbeiter."
«У вас более широкий кругозор, чем у остальных
сотрудников».
„Tatsächlich glaube ich, dass Sie den besten Überblick
haben."
«На самом деле, я думаю, что у вас, возможно, наилучшее
представление о ситуации».

„Sie haben einen besseren Überblick als der Chef selbst."

«У вас более чёткое представление о ситуации, чем у самого начальника».

„Ich gebe zu, dass der Chef die unternehmerische Arbeit leistet."

«Признаю, что предпринимательскую работу выполняет именно начальник».

„Aber es ist leicht, dass seine Urteile in die Irre geführt werden."

«Но его суждения легко могут быть ошибочными».

„Und diese kleinen Fehleinschätzungen können uns zum Nachteil gereichen."

«И эти мелкие ошибки в суждениях могут нам навредить».

„Sie wissen ja, wie leicht es ist, über den Reisenden zu sprechen."

«Вы же знаете, как легко говорить о путешественнике».

„Er ist nicht da, um seinen Ruf vor Gerüchten zu verteidigen."

«Он здесь не для того, чтобы защищать свою репутацию от сплетен».

„Diese Anschuldigungen können leicht nur Zufälle sein."

«Эти обвинения вполне могут оказаться просто совпадениями».

„Viele Beschwerden beruhen nicht einmal auf irgendeiner Wahrheit."

«Многие жалобы даже не основаны на каких-либо истинах».

„Er ist fast das ganze Jahr über nicht im Büro."

«Он будет отсутствовать в офисе почти весь год».

Welche Chance hat er, seinen Ruf zu verteidigen?

«Какие у него шансы защитить свою репутацию?»

„Er erfährt gar nichts von den Anschuldigungen."

«Ему даже не доводится до сведения выдвинутых обвинений».

„Er erfährt erst, was gesagt wurde, wenn es zu spät ist."

«Он узнает о сказанном, когда уже слишком поздно».

„Zu diesem Zeitpunkt ist er von der Tagesreise völlig
erschöpft."

«К этому моменту он уже совершенно измотан дневным
путешествием».

„Er muss die schrecklichen Konsequenzen trotzdem am
eigenen Leib erfahren."

«Ему всё равно придётся столкнуться с ужасными
последствиями».

„Auch wenn er keine Möglichkeit hat, das Problem zu
verstehen."

«Даже несмотря на то, что он никак не может понять
проблему».

"Oh Manager, gehen Sie nicht, ohne mir ein Wort zu sagen."

«О, менеджер, не уходите, не сказав мне ни слова».

„Sag mir wenigstens, dass du mir teilweise zustimmst."

«Хотя бы скажите, что вы хотя бы частично со мной
согласны».

Der Manager hatte sich aber schon viel früher von Gregor
abgewandt.

Но менеджер отвернулся от Грегора гораздо раньше.

Seine Schulter zuckte, als er Gregor anblickte.

Когда он снова посмотрел на Грегора, его плечо дернулось.

Und er blieb während der gesamten Rede kein einziges Mal
stehen.

И он ни разу не остановился на месте во время своей речи.

Er hatte Gregor mit zusammengepressten Lippen angesehen.

Он смотрел на Грегора, поджав губы.

Er hatte sich allmählich in Richtung Tür zurückgezogen.

Он постепенно отступал к двери.

Aber auch er konnte den Blick nicht von Gregor abwenden.

Но он не мог оторвать глаз и от Грегора.

Er hatte das Gefühl, es gäbe ein geheimes Verbot, den Raum
zu verlassen.

Ему казалось, что существует негласный запрет на выход
из комнаты.

Zu diesem Zeitpunkt befand er sich aber bereits in der
Eingangshalle.

Но к этому моменту он уже был в вестибюле.

Und nun machte er eine plötzliche Bewegung in Richtung Ausgang.

И тут он резко двинулся к выходу.

Er streckte seine rechte Hand in Richtung der Treppe aus.

Он протянул правую руку к лестнице.

Vielleicht wartete eine übernatürliche Macht darauf, ihn zu retten.

Возможно, его ждала сверхъестественная сила, готовая его спасти.

Gregor wusste, dass er ihn so nicht gehen lassen konnte.

Грегор понимал, что не может позволить ему уйти вот так просто.

Der Manager darf nicht in der Stimmung zurückkehren, in der er sich befand.

Менеджер не должен возвращаться в том же настроении, в котором был.

Gregors Arbeitsplatz war stark gefährdet.

Сохранность работы Грегора была под серьезной угрозой.

Die Eltern konnten das alles nicht vollständig verstehen.

Родители не могли до конца понять всё это.

Über die Jahre hatten sie sich an seine Arbeitsplatzsicherheit gewöhnt.

С годами они привыкли к тому, что у него стабильная работа.

Und sie waren davon überzeugt, dass er den Job auf Lebenszeit hatte.

И они убедились, что он получит эту работу на всю жизнь.

Stattdessen hatten sie sich mit anderen Sorgen beschäftigt.

Вместо этого они были заняты другими заботами.

Doch diese Bedenken führten dazu, dass sie jegliche Weitsicht verloren.

Но эти опасения привели к тому, что они утратили всякую дальновидность.

Gregor hatte jedoch die elterliche Weitsicht nicht verloren.

Однако Грегор не утратил родительской дальновидности.

Jemand musste den Bevollmächtigten stoppen.

Кто-то должен был остановить уполномоченного представителя.

Er musste ihn beruhigen und überzeugen.

Ему предстояло успокоить его и убедить.

Davon hing die Zukunft von Gregor und seiner Familie ab!

От этого зависело будущее Грегора и его семьи!

Wenn doch nur die kluge Schwester da gewesen wäre, um zu helfen.

Если бы только умная сестра была здесь, чтобы помочь.

Sie hatte schon geweint, als Gregor noch in seinem Zimmer war.

Она уже плакала, когда Грегор ещё был в своей комнате.

Zu diesem Zeitpunkt lag er einfach nur ruhig auf dem Rücken.

В тот момент он просто спокойно лежал на спине.

Sie wusste damals schon um die Bedeutung der Situation.

Она уже тогда понимала всю важность ситуации.

Der Manager hatte bekanntermaßen eine Schwäche für Frauen.

Менеджер, как известно, питал слабость к женщинам.

Sie hätte ihn leicht dazu überreden können, länger zu bleiben.

Она легко могла бы уговорить его остаться подольше.

Sie hätte die Tür geschlossen und ihn wieder hineingeführt.

Она бы закрыла дверь и проводила его обратно.

Doch leider war die Schwester bereits aufgebrochen, um einen Arzt zu holen.

Но, к сожалению, сестра уже пошла за врачом.

Deshalb blieb Gregor nichts anderes übrig, als es selbst zu tun.

Поэтому у Грегора не оставалось иного выбора, кроме как сделать это самому.

Er hatte nicht bedacht, welche Fähigkeiten er tatsächlich besaß.

Он не задумывался о том, каковы его реальные способности.

Und er hatte vergessen, seiner Fähigkeit zu sprechen zu misstrauen.

И он забыл, что не доверяет своей способности говорить.

Dennoch verließ er die Sicherheit seines Zimmers.

Но, несмотря ни на что, он покинул безопасное пространство своей комнаты.

Und er drängte sich durch die Öffnung des Zimmers.

И он протиснулся сквозь проём комнаты.

Der Manager war bereits auf dem Weg die Treppe hinunter.

Менеджер уже спускался по лестнице.

Aber er hielt sich mit beiden Händen am Geländer fest.

Но он держался за перила обеими руками.

Gregor stürzte, als er sich durch die Tür schob.

Грегор упал, когда проталкивался сквозь дверь.

Er stieß einen kleinen Schrei aus, als er nach Halt griff.

Он тихо вскрикнул, пытаясь ухватиться за опору.

Doch anstatt in Panik zu geraten, verspürte er ein körperliches Wohlbefinden.

Но вместо паники он почувствовал физическое благополучие.

Zum ersten Mal an diesem Morgen fühlte sich etwas richtig an.

Впервые за это утро я почувствовал, что что-то правильно.

Alle seine Beine standen nun auf festem Boden.

Теперь все его ноги твердо стояли на земле.

Er war überrascht, wie gut er seine Beine kontrollieren konnte.

Он был удивлен, насколько хорошо ему удавалось контролировать свои ноги.

Er freute sich, festzustellen, dass seine Beine ihm vollkommen gehorchten.

Он с радостью заметил, что его ноги полностью его слушались.

Tatsächlich trugen ihn seine Beine überall hin, wo er hinwollte.

Фактически, его ноги сами доставляли его туда, куда он хотел.

Bald würden all seine Sorgen ein Ende finden.

Вскоре все его печали должны были закончиться.

Doch im selben Augenblick sprang seine eigene Mutter auf.

Но в тот же самый момент вскочила его собственная мать.

Ihre Arme waren ausgestreckt und ihre Finger gespreizt.

Ее руки были вытянуты, а пальцы растопырены.

Und sie schrie: „Hilfe, um Gottes willen, helft mir!"

И она закричала: «Помогите, ради Бога, кто-нибудь, помогите!»

Sie neigte den Kopf; sie wollte Gregor besser sehen.

Она наклонила голову, желая лучше рассмотреть Грегора.

Doch im Gegensatz zu ihrer ersten Handlung rannte sie zurück.

Но, в отличие от первого действия, она побежала обратно.

Sie hatte vergessen, dass der Tisch hinter ihr gedeckt war.

Она забыла, что стол был накрыт позади неё.

Alle Speisen fürs Frühstück standen noch auf dem Tisch.

Все продукты для завтрака по-прежнему стояли на столе.

Sie setzte sich hastig auf den Tisch, als sei sie abgelenkt.

Она поспешно села на стол, словно отвлекшись.

Und sie schien den verschütteten Kaffee nicht zu bemerken.

И она, похоже, не заметила пролитого кофе.

Der Kaffee, der inzwischen in den Teppich eingezogen war.

Кофе, который теперь впитывался в ковер.

„Mutter, Mutter", sagte Gregor leise und blickte zu ihr auf.

«Мама, мама», — тихо сказал Грегор, глядя на неё.

Im Moment war ihm der Manager nicht wichtig.

В тот момент менеджер для него не имел значения.

Aber da war auch noch der Kaffee, der auf den Teppich tropfte.

Но кроме того, кофе капал на ковер.

Gregor konnte nicht widerstehen und schnappte nach dem Kaffee.

Грегор не смог удержаться и щёлкнул челюстями, глядя на кофе.

Die Mutter fing wegen seines Verhaltens wieder an zu weinen.

Мать снова начала плакать из-за его поведения.

Sie sprang vom Tisch, um Abstand von ihm zu gewinnen.

Она спрыгнула со стола, чтобы отдалиться от него.

Und sie rannte in die Arme ihres Vaters, um Schutz zu suchen.

И она бросилась в объятия отца, ища спасения.

Doch Gregor hatte jetzt keine Zeit mehr für seine Eltern.

Но у Грегора сейчас не было времени на родителей.

Der zuständige Beamte befand sich bereits auf der Treppe.

Уполномоченный сотрудник уже находился на лестнице.

Er hatte sein Kinn auf dem Geländer, um ins Haus zu schauen.

Он подпер подбородок перилами, чтобы заглянуть в дом.

Offenbar wollte er sich das Spektakel noch ein letztes Mal ansehen.

По всей видимости, он хотел в последний раз взглянуть на это зрелище.

Und Gregor unternahm einen letzten Versuch, den Manager zu erreichen.

И Грегор предпринял последнюю попытку связаться с менеджером.

Er rannte so sicher wie möglich zur Tür.

Он побежал к двери, стараясь как можно обезопасить себя.

Aber der Hauptsekretär muss etwas geahnt haben.

Но главный клерк наверняка что-то подозревал.

Denn er sprang mehrere Stufen hinunter und verschwand.

Потому что он спрыгнул с нескольких ступенек и исчез.

"Huh!", rief Gregor, und sein Ruf hallte durch das Treppenhaus.

«Ага!» — крикнул Грегор, и его голос эхом разнесся по лестничной клетке.

Die Flucht des Managers schien auch seinen Vater zu verwirren.

Побег менеджера, похоже, также смутил его отца.

Bis dahin war es ihm gelungen, recht gefasst zu bleiben.

До этого момента ему удавалось сохранять довольно спокойное поведение.

Doch leider verlor auch er die Fassung, die er zuvor besessen hatte.

Но, к сожалению, и он потерял прежнее самообладание.

Er hätte Gregor bei seinem Vorhaben helfen sollen.

Ему следовало помочь Грегору в его преследовании.

Doch er packte den Gehstock des Managers mit einer Hand.

Но при этом он схватил трость менеджера одной рукой.

In seiner anderen Hand hielt er nun eine Zeitung.

А в другой руке он держал газету.

Und nun behinderte er Gregor direkt bei seinem Vorhaben.

И теперь он напрямую препятствовал Грегору в его преследовании.

Er hatte sich zwischen Gregor und die Straße gestellt.

Он встал между Грегором и улицей.

Er stampfte mit den Füßen auf und fuchtelte mit dem Stock und der Zeitung herum.

Он топнул ногой, помахал палкой и газетой.

Und er zwang Gregor aktiv zurück in sein Zimmer.

И он активно пытался силой заставить Грегора вернуться в свою комнату.

Keine der Bitten, die Gregor äußerte, half.

Ни одна из просьб Грегора не помогла.

Weil keines seiner Anliegen verstanden wurde.

Потому что ни одна из его просьб не была понята.

Er wandte den Kopf in eine tiefere, demütigere Haltung.

Он повернул голову, приняв более смиренный, более глубокий оборот.

Doch sein Vater antwortete, indem er noch heftiger mit den Füßen aufstampfte.

Но отец в ответ ещё сильнее топнул ногой.

Die Mutter öffnete trotz des kühlen Wetters ein Fenster.

Несмотря на прохладную погоду, мать открыла окно.

Und sie presste ihr Gesicht in die Hände vor Kälte.

И она уткнулась лицом в ладони от холода.

Der Wind konnte nun durch die gesamte Wohnung strömen.

Теперь ветер мог свободно распространяться по всей
квартире.
Ein starker Luftzug wehte vom Treppenhaus in die Gasse.
Сильный сквозняк дул от лестницы в переулок.
**Die Vorhänge wurden vom starken Wind hin und her
bewegt.**
Сильный ветер развевал занавески.
Und die Zeitung auf dem Tisch raschelte im Wind.
А газета на столе шелестела на ветру.
Sogar einige Blätter wurden von draußen ins Haus geweht.
В дом даже залетели листья с улицы.
Der Vater stampfte mit den Füßen und schob unerbittlich.
Отец топнул ногой и неустанно толкался.
**Und er zischte und gab Geräusche von sich, wie es ein
Wilder tun würde.**
И он шипел и издавал звуки, похожие на звуки дикого
человека.
Gregor hatte das Rückwärtsgehen aber noch nicht geübt.
Но Грегор еще не тренировался ходить спиной вперед.
**Selbst Gregor würde zugeben, dass diese Bewegung
wesentlich langsamer vonstatten ging.**
Даже Грегор признал бы, что это движение было гораздо
медленнее.
Doch alles, was er wollte, war die Gelegenheit, umzukehren.
Однако все, чего он хотел, — это возможность
развернуться.
Dann wäre er sofort in sein Zimmer gegangen.
Тогда он бы сразу же отправился в свою комнату.
**Aber er hatte zu große Angst, seinen Vater ungeduldig zu
machen.**
Но он слишком боялся разозлить отца.
**Und es bestand die Drohung mit einem Schlag mit dem
Stock.**
И существовала угроза удара палкой.
Ein solcher Schlag auf den Hinterkopf könnte tödlich sein.
Такой удар по затылку может быть смертельным.
Am Ende blieb Gregor jedoch keine andere Wahl.

Но в конце концов у Грегора не осталось другого выбора.

Ihm wurde klar, dass er nicht einmal mehr geradeaus rückwärts gehen konnte.

Он понял, что даже не может идти прямо назад.

Er begann sich so schnell wie möglich umzudrehen.

Он начал разворачиваться так быстро, как только мог.

Doch in Wirklichkeit war diese Drehbewegung genauso langsam.

Но в действительности это вращательное движение было таким же медленным.

Und ihm folgten die besorgten Blicke des Vaters.

И за ним последовали тревожные взгляды отца.

Vielleicht bemerkte der Vater Gregors gute Absichten.

Возможно, отец заметил благие намерения Грегора.

Weil er ihn nicht daran hinderte, sich umzudrehen.

Потому что он не помешал ему повернуться.

Er benutzte sogar die Spitze seines Stocks, um die Drehung zu steuern.

Он даже использовал кончик своей палки, чтобы направлять вращение.

Gregor wünschte sich aber dennoch, sein Vater hätte ihn nicht angefaucht!

Но Грегор всё ещё сожалел, что отец прошипел на него!

Das Zischen trug nur noch zur Verwirrung des Augenblicks bei.

Шипение лишь усилило возникшее в тот момент замешательство.

Und dann unterlief ihm ein Fehler, und er bog in die falsche Richtung ab.

А потом он ошибся и свернул не в ту сторону.

Am Ende gelang es ihm schließlich doch, den richtigen Weg einzuschlagen.

В конце концов ему все же удалось выбрать правильную сторону.

Und er war zufrieden mit den Fortschritten, die er gemacht hatte.

И он был доволен достигнутыми успехами.

Doch dann trat das nächste Problem noch deutlicher zutage.

Но затем следующая проблема стала еще более очевидной.

Sein Körper war zu breit, um problemlos durch die Tür zu passen.

Его тело было слишком широким, чтобы он мог легко пройти в дверной проем.

In seinem jetzigen Zustand bemerkte der Vater dies nicht.

В своем нынешнем состоянии отец этого не заметил.

Deshalb kam es ihm nicht in den Sinn, die Tür weiter zu öffnen.

Поэтому ему и в голову не пришло открыть дверь дальше.

Dann wäre genügend Platz für Gregor gewesen.

Тогда места хватило бы и для Грегора.

Seine einzige Priorität war es, Gregor in sein Zimmer zu bringen.

Его единственной задачей было затащить Грегора в свою комнату.

Er hätte aufstehen müssen, um durch die Tür zu passen.

Ему пришлось бы встать в полный рост, чтобы пройти в дверь.

Der Vater hätte ein solches Manöver jedoch nicht zugelassen.

Но отец не позволил бы такого маневра.

Tatsächlich fauchte er ihn noch heftiger an als zuvor.

На самом деле он шипел на него еще яростнее, чем прежде.

Es klang nach mehr als nur einem Mann, der ihn anzischt.

По звуку казалось, что на него шипел не один, а несколько мужчин.

Seine Forderungen schienen nun an Dringlichkeit gewonnen zu haben.

Его требования, казалось, обрели новую актуальность.

Für Spielereien war jetzt wirklich keine Zeit mehr.

Времени на безделье больше не оставалось.

Was auch immer geschah, Gregor musste durch die Tür gelangen.

Что бы ни случилось, Грегору нужно было пройти через дверь.

Er kämpfte sich ohne jegliche Rücksicht auf sich selbst durch.

Он преодолел все трудности, не обращая внимания на собственное мнение.

Durch die Bewegung wurde eine Seite seines Körpers nach oben gedrückt.

Одна сторона его тела была вынуждена подняться вверх под действием движения.

Und er lag unbeholfen und schief zwischen den Türrahmen.

Он неуклюже и криво лежал между дверями.

Eine seiner Flanken war am Holz wundgescheuert.

Один из его боков был въеден в кожу и терся о дерево.

Und er hatte hässliche Flecken auf der weiß gestrichenen Tür hinterlassen.

И он оставил отвратительные пятна на белой двери.

Auf einer Seite seines Körpers hingen die Beine zitternd in der Luft.

Ноги с одной стороны его тела дрожали и свисали в воздух.

Seine anderen Beine drückten schmerzhaft gegen den Boden.

Остальные ноги болезненно вдавливались в пол.

Bald würde er vollständig zwischen den Türen eingeklemmt sein.

Вскоре он окажется зажатым между дверью и стеной.

Und dann hätte er sich überhaupt nicht mehr bewegen können.

И тогда он вообще не смог бы двигаться.

Doch der Vater gab ihm einen wahrhaft befreienden, starken Anstoß.

Но отец дал ему поистине освобождающий толчок.

Und er stürzte, stark blutend, tief in sein Zimmer hinein.

И он, истекая кровью, упал далеко в свою комнату.

Der Vater knallte die Tür hinter sich mit seinem Stock zu.

Отец захлопнул за собой дверь, ударив по ней палкой.

Und dann kehrte endlich wieder Ruhe ein.

И наконец, снова воцарились тишина и покой.

Teil Zwei
Часть вторая

Gregor wachte erst viel später am Tag auf.

Грегор проснулся лишь гораздо позже в тот же день.

Die Dämmerung war hereingebrochen; er hatte tief und fest geschlafen.

Наступили сумерки; он спал крепко и бессознательно.

Er wäre auch ohne Störung aufgewacht.

Он бы проснулся, даже если бы его не потревожили.

Denn er fühlte sich ausreichend ausgeruht und gut geschlafen.

Потому что он чувствовал себя достаточно отдохнувшим и хорошо выспавшимся.

Aber er glaubte, draußen flüchtige Schritte zu hören.

Но ему показалось, что он услышал мимолетные шаги снаружи.

Und vielleicht hat jemand die Haustür sorgfältig geschlossen.

А кто-то мог аккуратно закрыть входную дверь.

Das Licht der elektrischen Straßenbahn lag blass an der Decke.

Свет электрического трамвая тускло отражался от потолка.

Auch die Oberseite der Möbel wurde ein wenig beleuchtet.

Верхняя часть мебели тоже немного освещалась.

Doch unten am Boden, auf Gregors Höhe, war es dunkel.

Но внизу, на уровне Грегора, было темно.

Seine Beine schoben ihn langsam wieder in Richtung Tür.

Его ноги медленно подтолкнули его обратно к двери.

Er war sehr neugierig, zu sehen, was dort geschehen war.

Ему было очень любопытно узнать, что там произошло.

Seine Kontrolle über seine Fühler war jedoch noch nicht entwickelt.

Однако контроль над своими усами у него еще не был развит.

Obwohl er diese neuen Sensoren allmählich zu schätzen begann.

Хотя он и начал ценить эти новые датчики.

Eine lange, unansehnliche Narbe schien seine linke Seite hinunterzulaufen.

По его левому боку тянулся длинный, неприятный шрам.

Die Narbe fühlte sich an, als würde sie diese Seite seines Körpers einengen.

Шрам как будто стягивал эту сторону его тела.

Und so musste er buchstäblich auf seinen zwei Beinreihen humpeln.

И поэтому ему приходилось буквально хромать на своих двух рядах ног.

Eines seiner Beine war an diesem Morgen schwer verletzt worden.

В то утро он получил серьёзную травму одной из ног.

Es war wirklich ein Wunder, dass er sich nicht noch mehr Beine gebrochen hatte.

По правде говоря, это было чудо, что он не сломал еще несколько ног.

Und so schleppte er sein verletztes Bein leblos hinter sich her.

И вот он безжизненно волочил за собой раненую ногу.

Als er die Tür erreichte, erkannte er etwas Tiefgreifendes.

Дойдя до двери, он осознал нечто глубокое.

Es war der Geruch von etwas, der ihn dorthin gelockt hatte.

Его туда привлёк запах чего-то.

In Gregors Zimmer war etwas Essbares für ihn hinterlassen worden.

В комнате Грегора для него оставили что-то съедобное.

Stückchen Weißbrot schwimmen in einer Schüssel mit süßer Milch.

В миске со сладким молоком плавают кусочки белого хлеба.

Er konnte seine innere Freude kaum verbergen.

Он едва сдерживал радость, которая переполняла его.

Er war jetzt noch hungriger als am Morgen.

Сейчас он был голоднее, чем утром.

Er tauchte sofort seinen Kopf in die Schüssel mit Milch.

Он тут же опустил голову в миску с молоком.

Die Milch quoll ihm fast über den ganzen Kopf, bis zu den Augen.

Молоко вытекло почти по всей его голове, до самых глаз.

Doch schon bald riss er den Kopf zurück, bitter enttäuscht.

Но вскоре он отдернул голову, горько разочарованный.

Das Essen war aufgrund seiner empfindlichen linken Seite schwierig.

Приём пищи был затруднён из-за слабости его левой стороны тела.

Und er konnte nur essen, indem er mit dem ganzen Körper keuchte.

И есть он мог только тяжело дыша всем телом.

Das war jedoch nicht der wahre Grund für seine Enttäuschung.

Но это не было истинной причиной его разочарования.

Milch war schon immer eines seiner Lieblingsgerichte gewesen.

Молоко всегда было одним из его любимых блюд.

Er hatte keinen Zweifel daran, dass seine Schwester sich daran erinnerte.

Он нисколько не сомневался, что его сестра это помнила.

Und das war der Grund, warum sie ihm Milch gegeben hatte.

Именно поэтому она и дала ему молока.

Er konnte nicht erklären, warum er Milch jetzt nicht mehr mochte.

Он не смог объяснить, почему ему теперь не нравится молоко.

Und er wandte sich fast widerwillig von der Schüssel ab.

И он отвернулся от чаши почти с неохотой.

Enttäuscht kroch er zurück in die Mitte des Raumes.

Разочарованный, он пополз обратно в середину комнаты.

Hier konnte er durch den Türspalt hindurchsehen.

Здесь он мог видеть сквозь щель в двери.

Er konnte sehen, dass im Wohnzimmer das Feuer brannte.

Он видел, что в гостиной разгорелся камин.

Gewöhnlich las der Vater um diese Zeit die Zeitung.

Обычно в это время отец читал газету.

Er las seiner Mutter immer mit erhobener Stimme vor.

Он всегда читал матери повышенным голосом.

Manchmal lauschte auch die Schwester dem Vater.

Иногда сестра тоже подслушивала разговоры отца.

Sie hatte Gregor immer von diesem Vorlesen erzählt.

Она всегда рассказывала Грегору об этом чтении вслух.

Doch heute war aus dem Zimmer kein Laut zu hören.

Но сегодня из комнаты не доносилось ни звука.

Vielleicht war diese Gewohnheit bereits in Vergessenheit geraten.

Возможно, эта привычка уже давно утрачена.

Eine tiefe Stille hatte sich über die gesamte Wohnung gelegt.

В квартире воцарилась глубокая тишина.

Obwohl er wusste, dass die Wohnung ganz sicher nicht leer war.

Хотя он и знал, что квартира точно не пустует.

„Was für ein ruhiges Leben die Familie doch führte", dachte Gregor.

«Какую спокойную жизнь ведёт эта семья», — подумал Грегор.

Und er blickte mit großem Stolz in die Dunkelheit.

И он с огромной гордостью смотрел в темноту.

Er war stolz auf das Leben, das er ihnen hatte ermöglichen können.

Он гордился той жизнью, которую смог им подарить.

Er war stolz auf die schöne Wohnung, in der sie lebten.

Он гордился прекрасной квартирой, в которой они жили.

Doch sollte dieser Frieden nun ein schreckliches Ende nehmen?

Но не грозил ли этому миру ужасный конец?

Würde man ihnen ihren Wohlstand nehmen?

Неужели у них отнимут процветание?

War ihre Zufriedenheit nun in Zukunft ungewiss?

Неужели их счастье теперь будет под вопросом в будущем?

Doch er wollte sich nicht in solchen Gedanken verlieren.

Но он не хотел погружаться в подобные мысли.

Um sich die Zeit zu vertreiben, kroch er die Wände rauf und runter.

Чтобы чем-то себя занять, он ползал вверх и вниз по стенам.

Im Laufe des langen Abends wurde eine Tür einen Spalt breit geöffnet.

В течение долгого вечера одна дверь была слегка приоткрыта.

Und zu einem anderen Zeitpunkt öffnete sich die andere Tür einen Spaltbreit.

А в другой раз другая дверь приоткрылась.

Doch beide Male wurden die Türen schnell wieder geschlossen.

Но оба раза двери тут же закрывались.

Offenbar hatte jemand draußen den Wunsch, hereinzukommen.

Очевидно, кто-то посторонний хотел проникнуть внутрь.

Aber sie hatten auch zu viele Bedenken, hereinzukommen.

Но у них также было слишком много опасений по поводу приезда.

Gregor blieb nun direkt vor der Wohnzimmertür stehen.

Грегор остановился прямо у двери гостиной.

Er war fest entschlossen, den zögernden Besucher irgendwie zu verführen.

Он был полон решимости каким-то образом соблазнить колеблющегося посетителя.

Und er wollte auch wissen, wer der Besucher gewesen war.

А ещё он хотел узнать, кто был этот посетитель.

Doch an diesem Abend wurde die Tür kein drittes Mal geöffnet.

Но в тот вечер дверь так и не открыли в третий раз.

Und Gregor verbrachte seine Zeit vergeblich damit, an der Tür zu warten.

И Григорий тщетно ждал у двери.

Früher am Tag wollten sie alle in den Raum kommen.

Ранее в тот день все они хотели войти в комнату.

Jetzt, da die Türen unverschlossen waren, würde es ihnen leichter fallen.

Теперь, когда двери были открыты, им будет легче.

Aber sie entschieden sich dafür, auf der anderen Seite des Raumes zu bleiben.

Но они предпочли остаться в другой части комнаты.

Gregor bemerkte, dass die Schlüssel nicht mehr in ihren Schlössern steckten.

Грегор заметил, что ключей больше нет в замках.

Jemand muss die Schlüssel zum Außenschloss umgesteckt haben.

Кто-то, должно быть, переставил ключи от наружного замка.

Erst spät in der Nacht wurde das Licht im Wohnzimmer ausgeschaltet.

Свет в гостиной выключали только поздно ночью.

Die Familie muss die ganze Zeit wach geblieben sein.

Семья, должно быть, не спала всё это время.

Und Gregor konnte deutlich hören, wie sie sich auf Zehenspitzen davonschlichen.

И Грегор ясно слышал, как они тихонько удалялись.

Nun würde bis zum Morgen niemand zu Gregor kommen.

Теперь до утра к Грегору никто не придет.

So hatte er lange Zeit für sich, um ungestört nachzudenken.

Таким образом, у него появилось много свободного времени, чтобы спокойно поразмышлять.

Wie könnte man sein Leben jetzt am besten neu ordnen?

Как лучше всего перестроить его жизнь сейчас?

Doch die hohen Wände des leeren Zimmers ängstigten ihn.

Но высокие стены пустой комнаты напугали его.

Ihm blieb keine andere Wahl, als sich flach auf den Boden zu legen.

У него не оставалось другого выбора, кроме как лечь на землю.

Und er fand in diesem Raum niemals die Ursache seiner Angst.

И причину своего страха он так и не нашел в этом месте.

Es war dasselbe Zimmer, in dem er seit fünf Jahren lebte.

Это была та же самая комната, в которой он жил последние пять лет.

Halb bewusst machte er eine Bewegung in Richtung Sofa.

В полусознательном состоянии он двинулся к дивану.

Und ohne jede Scham versteckte er sich unter dem Sofa.

И, ничуть не стесняясь, он спрятался под диваном.

Dort unten fühlte er sich sofort wieder sehr wohl.

Там, внизу, он сразу же снова почувствовал себя очень комфортно.

Obwohl sein Rücken etwas gequetscht war.

Несмотря на то, что его спина была немного прижата.

Auch unter dem Sofa konnte er seinen Kopf nicht mehr heben.

Он больше не мог поднять голову и из-под дивана.

Aber selbst das zog er einem Aufenthalt im Freien vor.

Но даже это он предпочитал находиться на открытой местности.

Er bedauerte jedoch, dass sein Körper so breit war.

Однако он сожалел о своей полноте.

Das Sofa konnte seinen ganzen Körper nicht vollständig bedecken.

Диван не мог полностью закрыть всё его тело.

Er blieb die ganze Nacht unter dem Sofa.

Он просидел под диваном всю ночь.

Die Nacht verbrachte er halb schlafend, geplagt von seinem Hunger.

Всю ночь он провел в полусне, мучимый голодом.

Und die Zeit, die er wach war, verbrachte er entweder in
Sorgen oder in Hoffnung.

А время, проведенное в бодрствующем состоянии, он либо
беспокоился, либо надеялся.

Doch all seine vagen Hoffnungen führten zu demselben
Schluss.

Но все его смутные надежды привели к одному и тому же
выводу.

Ihm blieb nichts anderes übrig, als vorerst zu schweigen.

Ему ничего не оставалось, кроме как на время замолчать.

Er musste der Familie gegenüber Geduld und
Rücksichtnahme zeigen.

Ему пришлось проявить терпение и понимание по
отношению к семье.

Es war die einzige Möglichkeit, die Unannehmlichkeiten
erträglich zu machen.

Это был единственный способ сделать неудобства
терпимыми.

Die Unannehmlichkeiten, die er nun der Familie auferlegte.

Какие неудобства он теперь причинял семье.

Er musste nicht lange warten, um sein Mitgefühl unter
Beweis zu stellen.

Ему не пришлось долго ждать, чтобы доказать свою
сострадательность.

Früh am Morgen schaute die Schwester in sein Zimmer.

Рано утром сестра заглянула в его комнату.

Obwohl es eigentlich genauso viel Nacht wie Morgen war.

Хотя на самом деле это была скорее ночь, чем утро.

Sie war vollständig angezogen und schien aufgeregt zu sein.

Она была полностью одета и, казалось, проявляла
волнение.

Die Tragfähigkeit seiner neu getroffenen Entscheidung
könnte sich bewähren.

Прочность его нового решения может быть проверена.

Sie entdeckte ihn nicht sofort auf Anhieb.

Она не сразу нашла его с первого взгляда.

Er musste irgendwo sein; weggeflogen konnte er nicht sein.

Он должен был быть где-то; он не мог улететь.

Doch dann schweifte ihr Blick ein zweites Mal durch den Raum.

Но затем ее взгляд снова скользнул по комнате.

Und dieses Mal entdeckte sie seinen Oberkörper unter dem Sofa.

И на этот раз она заметила его торс под диваном.

Sie war so verängstigt, dass sie jegliche Selbstbeherrschung verlor.

Она так испугалась, что полностью потеряла самообладание.

Und ihre erste Reaktion war, die Tür wieder zuzuschlagen.

И первой ее реакцией было снова захлопнуть дверь.

Doch sie schien ihr Verhalten auch sofort zu bereuen.

Но, похоже, она тут же пожалела о своем поведении.

Kaum hatte sie die Tür zugeschlagen, öffnete sie sie auch schon wieder.

Как только она захлопнула дверь, она тут же открыла её снова.

Und diesmal schlich sie sich leise auf Zehenspitzen in den Raum.

И на этот раз она тихонько, на цыпочках, вошла в комнату.

Sie bewegte sich, als ob sie eine schwerkranke Person besuchen würde.

Она двигалась так, словно навещала тяжелобольного человека.

Oder sie könnte einen völlig Fremden besucht haben.

Или же она могла навестить совершенно незнакомого человека.

Gregor drückte seinen Kopf fast bis an den Rand des Sofas.

Грегор почти до самого края дивана уткнулся головой в него.

Und von unterhalb des Tresors beobachtete er sie im Zimmer.

И из-под сейфа он наблюдал за ней в комнате.

Würde sie bemerken, dass er die Milch stehen gelassen hatte?

Заметит ли она, что он оставил молоко?

Er hatte die Milch nicht etwa aus Mangel an Hunger stehen gelassen.

Он не отходил от молока из-за отсутствия голода.

Wollte sie ihm stattdessen anderes Essen bringen?

Она собиралась принести ему другую еду?

Vielleicht ein Gericht, das seinen Vorlieben besser entsprach.

Возможно, это блюдо лучше соответствовало его предпочтениям.

Aber sie hätte seinen Appetit selbst bemerken müssen.

Но ей пришлось бы самой заметить его аппетит.

Er wäre lieber verhungert, als sie davon erfahren zu lassen.

Он скорее бы умер от голода, чем дал ей об этом узнать.

Eigentlich hätte er es ihr sehr gerne gesagt.

На самом деле ему очень хотелось бы ей это рассказать.

Er war wirklich versucht, unter dem Sofa hervorzuschießen.

Ему очень хотелось выскочить из-под дивана.

Er wollte sich seiner Schwester zu Füßen werfen.

Ему хотелось броситься к ногам сестры.

Und er wollte sie um etwas Leckeres zu essen bitten.

И он хотел попросить у неё что-нибудь вкусненькое.

Doch dann blickte die Schwester zu der Schüssel mit Milch.

Но тут сестра посмотрела на миску с молоком.

Sie bemerkte sofort, dass die Schüssel noch voll war.

Она сразу заметила, что миска всё ещё полна.

Sie war ziemlich überrascht, dass Gregor nichts gegessen hatte.

Она была весьма удивлена, что Грегор ничего не ел.

Nur ein wenig Milch war auf den Boden verschüttet worden.

На пол пролилось лишь немного молока.

Sie nahm sofort die Schüssel und trug sie hinaus.

Она тут же схватила миску и вынесла её.

Er sah, dass sie die Schüssel nicht mit bloßen Händen aufgehoben hatte.

Он увидел, что она не взяла миску голыми руками.

Stattdessen hob sie die Schüssel mit einem der Lappen hoch.

Вместо этого она взяла миску, используя одну из тряпок.

Gregor vergaß dieses kleine Detail jedoch sehr schnell.

Но Грегор очень быстро забыл об этой незначительной детали.

Er war nun von etwas ganz anderem viel begeisterter.

Теперь его гораздо больше интересовало другое.

Was könnte sie als Ersatz für die Milch mitbringen?

Чем она могла бы заменить молоко?

Er hatte verschiedene Vermutungen darüber, was sie wohl mitbringen könnte.

У него были разные мысли о том, что она могла бы привнести.

Doch die Güte seiner Schwester übertraf seine Erwartungen.

Но доброта его сестры превзошла все его ожидания.

Ihr wurde klar, dass sie herausfinden musste, was seine neuen Vorlieben waren.

Она поняла, что должна проверить, какие у него новые вкусы.

Deshalb brachte sie eine ganze Auswahl an verschiedenen Speisen mit.

Поэтому она принесла целый набор разных продуктов.

Halbverfaultes Gemüse, Knochen vom Abendessen.

Полусгнившие овощи, кости от вечерней трапезы.

Die eingedickte Soße von der anderen Mahlzeit, die sie gegessen hatten.

Застывший соус от предыдущего приема пищи.

Ein paar Rosinen, einige Mandeln, trockenes Brot, Butterbrot.

Несколько изюминок, немного миндаля, сухой хлеб, хлеб с маслом.

Etwas Brot, das mit Butter bestrichen und gesalzen war.

Немного хлеба, намазанного маслом и посоленного.

Käse, den Gregor vor zwei Tagen noch für ungenießbar erklärt hatte.

Сыр, который Грегор два дня назад объявил несъедобным.

Die gesamte Auswahl an Speisen wurde auf einer Zeitung ausgelegt.

Весь этот ассортимент продуктов был выложен на газете.

Und sie stellte auch eine Schüssel mit Wasser neben seine Mahlzeiten.

А еще она поставила рядом с его едой миску с водой.

Sie wusste, dass Gregor nicht vor ihr gegessen hätte.

Она знала, что Грегор не стал бы есть при ней.

Aus Respekt vor ihm verließ sie deshalb wieder den Raum.

Поэтому из уважения к нему она снова вышла из комнаты.

Und sie hat beim Weggehen sogar den Schlüssel im Schloss umgedreht.

И она даже повернула ключ в замке, когда уходила.

Aber sie drehte den Schlüssel ganz leise und vorsichtig um.

Но она повернула ключ очень тихо и осторожно.

Auf diese Weise würde nur Gregor wissen, dass die Tür verschlossen war.

Таким образом, только Грегор узнает, что дверь заперта.

Nun konnte er es sich so bequem machen, wie er wollte.

Теперь он мог устроиться поудобнее, чем хотел.

Gregors Beine surrten, als es Zeit zum Essen war.

Когда пришло время есть, ноги Грегора хрипели.

Bemerkenswert ist, dass er keinerlei Beschwerden mehr verspürte.

Стоит отметить, что он больше не испытывал никакого дискомфорта.

Seine Wunden müssen bereits vollständig verheilt sein.

Его раны, должно быть, уже полностью зажили.

Weil er seine früheren Behinderungen nicht mehr spürte.

Потому что он больше не ощущал своих прежних недостатков.

Seine neue Fähigkeit zu heilen überraschte und verblüffte ihn.

Его новая способность к исцелению удивила и поразила его самого.

Vor mehr als einem Monat schnitt er sich mit einem Messer in den Finger.

Более месяца назад он порезал палец ножом.

Bis vor zwei Tagen schmerzte ihn diese Wunde noch.

Ещё два дня назад эта рана продолжала болеть.

„Bin ich jetzt viel weniger empfindlich?", dachte er bei sich.

«Неужели я стал намного менее чувствительным?» — подумал он про себя.

Inzwischen lutschte er gierig an dem Käse.

К этому моменту он уже жадно посасывал сыр.

Er fühlte sich vom Käse mehr angezogen als von den anderen Speisen.

Его больше привлек сыр, чем другие продукты.

Er aß schnell ein Stück Käse nach dem anderen.

Он быстро съел один кусочек сыра за другим.

Beim Genuss des Geschmacks traten ihm vor Zufriedenheit die Tränen in die Augen.

При виде этого вкуса у него на глазах выступили слезы удовлетворения.

Nach dem Käse aß er das Gemüse und die Soße.

После сыра он съел овощи и соус.

Das frische Essen schmeckte ihm jedoch nicht.

Однако свежие продукты ему не понравились на вкус.

Tatsächlich konnte er nicht einmal den Geruch von frischen Lebensmitteln ertragen.

На самом деле, он даже запах свежей еды не выносил.

Er hat sogar die anderen Lebensmittel von den frischen Lebensmitteln weggezerrt.

Он даже оттащил другую еду подальше от свежих продуктов.

Und im Nu hatte er auch noch das Essbare aufgegessen.

И очень быстро он съел самую съедобную еду.

Das ganze leckere Essen hatte eine schläfrig machende Wirkung auf ihn.

Вся эта вкусная еда оказывала на него усыпляющее действие.

Und er lag träge an der Stelle, wo er gegessen hatte.

И он лениво лежал на том самом месте, где только что ел.

Schließlich kam seine Schwester zurück, um noch einmal nach ihm zu sehen.

В конце концов, его сестра вернулась, чтобы снова проведать его.

Sie hatte die Weitsicht, den Schlüssel ganz langsam umzudrehen.

Она предусмотрительно повернула ключ очень медленно.

Dies war für Gregor ein Warnsignal, sich zurückzuziehen.

Это послужило для Грегора предупреждением о необходимости отступить.

Benommen und erschrocken huschte er zurück unter das Sofa.

Ошеломленный и испуганный, он поспешил обратно под диван.

Doch diesmal war es nicht so einfach, unter dem Sofa zu bleiben.

Но в этот раз укрыться под диваном оказалось не так-то просто.

Sein Körper war durch das viele Essen etwas runder geworden.

От всей этой еды его тело немного округлилось.

Und er musste sich beherrschen, nicht wieder auszulaufen.

И ему пришлось сдерживаться, чтобы снова не выбежать.

Auch wenn die Schwester nicht lange im Zimmer blieb.

Хотя сестра и ненадолго задержалась в комнате.

In dem engen Raum rang er nach Luft.

Ему было трудно дышать в этом тесном пространстве.

Doch er überwand die kurzen Anfälle von Atemnot.

Но он преодолел кратковременные приступы удушья.

Mit aufgerissenen Augen beobachtete er die Aktivitäten der Schwester.

Он выпучив глаза, наблюдал за действиями сестры.

Die ahnungslose Schwester schüttete alles in einen Eimer.

Ничего не подозревающая сестра вылила всё в ведро.

Sie entsorgte nicht nur das Essen, das Gregor nicht gegessen hatte.

Она не только выбросила еду, которую Грегор не съел.

Aber sie entsorgte auch das Essen, das er nicht angerührt hatte.

Но она также выбросила и ту еду, к которой он не прикасался.

Offenbar war dieses Essen nun für niemanden mehr genießbar.

По всей видимости, эта еда теперь стала непригодной для употребления в пищу.

Anschließend verschloss sie den Futtereimer mit einem Holzdeckel.

Затем она закрыла ведро с едой деревянной крышкой.

Und mit dem Essen, dem Eimer und dem Wischmopp ging sie.

И, взяв с собой еду, ведро и швабру, она ушла.

Gregor hätte nicht mehr lange warten können.

Грегор не смог бы ждать дольше.

Sobald sie weg war, entkam er unter dem Sofa hervor.

Как только она ушла, он вылез из-под дивана.

Und er streckte sich aus und atmete erleichtert auf.

И он вытянулся, тяжело дыша от облегчения.

So erhielt Gregor von nun an regelmäßig seine Nahrung.

Так Грегор время от времени получал еду.

Seine Schwester gab ihm einmal früh am Morgen etwas zu essen.

Однажды рано утром сестра принесла ему еду.

Zu dieser Stunde schliefen die Eltern und das Dienstmädchen noch.

В это время родители и служанка еще спали.

Und er erhielt eine zweite Mahlzeit, nachdem alle anderen bereits zu Mittag gegessen hatten.

И после того, как все пообедали, он получил вторую порцию еды.

Denn zu dieser Zeit schliefen die Eltern auch eine Weile.

Потому что в это время родители тоже немного поспали.

Und das Dienstmädchen wurde von der Schwester mit einer Besorgung weggeschickt.

А служанку сестра отправила по какому-то поручению.

Sie hatten ganz sicher nicht die Absicht, Gregor verhungern zu lassen.

Они, конечно же, не собирались морить Грегора голодом.

Aber sie hätten ihm auch nicht beim Essen zusehen wollen.

Но им бы и смотреть, как он ест, они бы не захотели.

Die Angaben der Schwester reichten als Information aus.

Информации, упомянутой сестрой, было достаточно.

Vielleicht war es ihre Art, den Eltern den Kummer zu ersparen.

Возможно, таким образом она хотела избавить родителей от горя.

Sie hatten unter seinen Taten schon genug gelitten.

Они и так достаточно пострадали от его поступков.

Der erste Tag verblasste langsam zu einer fernen Erinnerung.

Первый день постепенно становился далёким воспоминанием.

Gregor hatte keine Möglichkeit zu erfahren, was an diesem Tag geschah.

Грегор никак не мог знать, что произошло в тот день.

Wie wurde der Schlüsseldienstmitarbeiter aus der Wohnung geleitet?

Как слесаря вывели из квартиры?

Mit welchen Ausreden war der Arzt schließlich zufrieden?

Какими же оправданиями врач в конце концов остался доволен?

Er hatte keinen Weg gefunden, sich verständlich zu machen.

Он так и не смог объясниться.

Es gelang ihm nicht einmal, mit seiner Schwester zu kommunizieren.

Ему даже не удалось связаться со своей сестрой.

Und so dachten sie, er könne sie nicht verstehen.

И поэтому они думали, что он их не понимает.

Und deshalb wurde auch kein Versuch unternommen, mit ihm zu sprechen.

Поэтому никаких попыток поговорить с ним предпринято не было.

Seine Schwester kam jeden Morgen und jeden Mittag in sein Zimmer.

Каждое утро и в обед к нему в комнату приходила его сестра.

Doch er musste sich damit begnügen, ihre Seufzer zu hören.

Но ему оставалось лишь довольствоваться ее вздохами.

Später gewöhnte sie sich dann doch etwas mehr an Gregors Gestalt.

Позже она немного привыкла к облику Грегора.

Und sie fühlte sich etwas freier, weitere Bemerkungen zu machen.

И она почувствовала себя немного свободнее, чтобы высказывать больше замечаний.

(Obwohl sie sich nie ganz an ihn gewöhnen würde.)

(Хотя она так и не смогла полностью к нему привыкнуть.)

Und dann fühlte sich Gregor wieder etwas mehr angesprochen.

И тогда Грегор почувствовал, что к нему снова кто-то обращается.

Und er nahm wahr, was er als freundliche Kommentare empfand.

И он услышал то, что воспринял как дружелюбные комментарии.

„Ihm hat das Essen heute geschmeckt" oder „Er hat alles aufgegessen".

«Сегодня ему очень понравилась еда» или «он съел всё».

Das war aber erst der Fall, nachdem er sein gesamtes Essen aufgegessen hatte.

Но это произошло только после того, как он съел всю свою еду.

Doch in letzter Zeit kam dies immer seltener vor.

Но в последнее время это стало происходить все реже и реже.

„Er hat sein Essen kaum angerührt", sagte sie jetzt immer öfter.

«Он почти не притрагивался к еде», — стала она говорить все чаще.

Und jedes Mal schwang ein Hauch von Traurigkeit in ihrer
Stimme mit.

И каждый раз в её голосе звучала нотка грусти.

Gregor konnte keine anderen Nachrichten direkter
empfangen.

Грегор не мог услышать никаких других новостей более
непосредственно.

Aber er hörte viele Neuigkeiten aus den angrenzenden
Zimmern mit.

Но из соседних комнат он услышал много новостей.

Als er Stimmen hörte, rannte er zur entsprechenden Tür.

Услышав голоса, он побежал к соответствующей двери.

Und er presste seinen ganzen Körper gegen die Tür, um zu
hören.

И он прижался всем телом к двери, чтобы услышать.

Alle Gespräche drehten sich in irgendeiner Weise um ihn.

Все разговоры так или иначе касались его.

Selbst wenn es scheinbar um etwas ganz anderes ging.

Даже когда тема, казалось бы, касалась чего-то другого.

Diese Beobachtung traf insbesondere in der Anfangszeit zu.

Это наблюдение было особенно справедливо в первые дни.

Bei jeder Mahlzeit wiederholten sie die gleiche Diskussion.

Во время каждого приема пищи они повторяли одну и ту
же дискуссию.

Sie waren sich noch immer unsicher, wie sie sich ihm
gegenüber verhalten sollten.

Они всё ещё не знали, как вести себя с ним.

Das gleiche Thema wurde aber auch zwischen den
Mahlzeiten besprochen.

Но эта же тема обсуждалась и в перерывах между
приемами пищи.

Weil immer zwei Familienmitglieder zu Hause waren.

Потому что дома всегда находились два члена семьи.

Niemand wollte allein im Haus bleiben.

Никто не хотел оставаться в доме один.

Aber die Wohnung leer stehen zu lassen, kam auch nicht in
Frage.

Но оставлять квартиру пустой тоже было исключено.

Das Dienstmädchen war die Einzige, die nicht an die Wohnung gebunden war.

Горничная была единственной, кто не был привязан к квартире.

Sie hatte bereits am ersten Tag darum gebeten, gehen zu dürfen.

Она попросила об отъезде еще в первый же день.

Sie kniete nieder und flehte darum, entlassen zu werden.

Она опустилась на колени и умоляюще попросила отпустить её.

Die Familie wusste nicht, wie viel das Dienstmädchen tatsächlich wusste.

Семья не знала, насколько хорошо горничная была осведомлена на самом деле.

Zu diesem Zeitpunkt hatte sie nicht mehr gesehen als alle anderen.

На тот момент она видела не больше, чем кто-либо другой.

Was geschehen war, blieb der Familie weiterhin ein Rätsel.

Что именно произошло, для семьи оставалось загадкой.

Doch eine Viertelstunde später verabschiedete sie sich.

Но спустя четверть часа она попрощалась.

Und sie dankte der Familie mit Tränen in den Augen.

И она со слезами на глазах поблагодарила семью.

Aber eigentlich dankte sie ihnen dafür, dass sie sie freigelassen hatten.

Но на самом деле она поблагодарила их за то, что они её отпустили.

Sie schienen ihr größte Freundlichkeit entgegengebracht zu haben.

Похоже, они проявили к ней величайшую доброту.

Sie leistete sogar einen Eid, ohne dazu aufgefordert worden zu sein.

Она даже дала клятву, не будучи об этом попрошена.

Sie sagte, sie würde niemandem erzählen, was passiert war.

Она сказала, что никому не расскажет о случившемся.

Nun musste die Schwester zusammen mit ihrer Mutter kochen.

Теперь сестре приходилось готовить вместе с матерью.

Das war aber keine allzu große Unannehmlichkeit.

Но это не доставляло особых неудобств.

Weil die beiden sowieso fast nichts aßen.

Потому что они оба и так почти ничего не ели.

Immer und immer wieder hörte Gregor dasselbe Gespräch mit.

Грегор снова и снова подслушивал один и тот же разговор.

Einer der beiden sagte dem anderen, er müsse mehr essen.

Один человек говорил другому, что ему нужно больше есть.

Diese Person erhielt jedoch keine Antwort von der betreffenden Person.

Но этот человек не получил ответа от другого человека.

„Danke, ich habe genug", oder etwas Ähnliches.

«Спасибо, мне и так достаточно», или что-то подобное.

Vielleicht tranken sie auch gar nichts mehr.

Возможно, они тоже перестали что-либо пить.

Die Schwester fragte ihren Vater oft, ob er Bier wolle.

Сестра часто спрашивала отца, не хочет ли он пива.

Und sie bot freundlicherweise an, das Bier selbst zu holen.

И она любезно предложила сама принести пиво.

Der Vater schwieg auf ihre Bitte hin stets.

Отец всегда хранил молчание по ее просьбе.

Die Schwester musste also einen Weg finden, jeden Zweifel auszuräumen.

Поэтому сестре нужно было найти способ развеять любые сомнения.

Und sie sagte, sie würde das Dienstmädchen losschicken, um Bier zu holen.

И она сказала, что пошлет горничную за пивом.

Doch dann sagte der Vater schließlich ein lautes, deutliches „Nein".

Но затем отец наконец решительно и недвусмысленно сказал: «Нет».

Das Thema, dass er ein Bier trank, wurde danach nicht mehr erwähnt.

Затем тема о том, что он пил пиво, больше не поднималась.

Er hatte die finanzielle Situation bereits zuvor erläutert.

Он уже объяснял финансовую ситуацию ранее.

Tatsächlich sprach er schon am ersten Tag über Finanzen.

Фактически, он упомянул финансы в самый первый день.

Er machte ihnen die Aussichten deutlich.

Он дал им четкое представление о перспективах.

Sein eigenes Unternehmen war vor etwa fünf Jahren zusammengebrochen.

Его собственный бизнес обанкротился около пяти лет назад.

Hin und wieder stand er auf, um den Tisch zu verlassen.

Время от времени он вставал, чтобы покинуть стол.

Und er ging zur Kasse seines alten Geschäfts.

И он подошёл к кассе своего старого магазина.

Aus Sentimentalität hatte er die Kasse aufgehoben.

Он сохранил кассовый аппарат из сентиментальных соображений.

Gregor hörte, wie er ein schweres und kompliziertes Schloss öffnete.

Грегор услышал, как он отпирает тяжелый и сложный замок.

Und er holte Quittungen und Bücher aus der Kasse.

И он достал из кассы квитанции и книги.

Nachdem er die Gegenstände an sich genommen hatte, schloss er die Geldkassette wieder ab.

Взяв предметы, он снова запер кассу.

Gregor hatte seit seiner Gefangennahme keine guten Nachrichten mehr erhalten.

С момента заключения под стражу Грегор не слышал никаких хороших новостей.

Er glaubte, das Geschäft habe seinen Vater in den Ruin getrieben.

Он считал, что этот бизнес разорил его отца.

Dieser Eindruck war Gregor vom Vater sicherlich vermittelt worden.

Отец, безусловно, произвел на Грегора именно такое впечатление.

Und Gregor fragte ihn nie wieder nach den Finanzen.

И Грегор больше никогда не расспрашивал его о финансах.

Gregor wollte alles tun, was er konnte, um der Familie zu helfen.

Грегор хотел сделать все возможное, чтобы помочь семье.

Er wollte ihnen helfen, das geschäftliche Unglück zu vergessen.

Он хотел помочь им забыть о неудачах в бизнесе.

Der Bankrott, der zur völligen Hoffnungslosigkeit führte.

Банкротство, которое привело к полной безнадежности.

So begann er mit einer ganz besonderen Leidenschaft zu arbeiten.

Поэтому он начал работать с особым, неподдельным рвением.

Er war quasi über Nacht zum Handelsreisenden geworden.

Он практически в одночасье стал коммивояжером.

Davor hatte er lediglich als schlecht bezahlter Angestellter gearbeitet.

До этого он работал всего лишь низкооплачиваемым клерком.

Nun boten sich ihm völlig andere Verdienstmöglichkeiten.

Теперь у него появились совершенно другие возможности заработка.

Erfolgreiche Verkäufe konnten sofort in Bargeld umgewandelt werden.

Успешные продажи могли быть немедленно конвертированы в наличные деньги.

Das Geld wird natürlich aus seinen Provisionen ausgezahlt.

Разумеется, деньги выплачиваются из его комиссионных.

Nun konnte Gregor Geld auf den Familientisch bringen.

Теперь Грегор смог обеспечить семью деньгами.

Und sie waren erstaunt und erfreut über seinen Verdienst.

И они были поражены и обрадованы его заработком.

Aber diese schönen Zeiten werden sich nicht wiederholen.

Но эти прекрасные времена больше никогда не повторятся.

Sie hatten sich gerade erst an diese schönen Zeiten gewöhnt.

Они только-только привыкли к этим прекрасным временам.

Jeden Zahltag nahm die Familie das Geld dankbar entgegen.

В день каждой зарплаты семья с благодарностью принимала деньги.

Und Gregor war ebenso gern bereit, das Geld herauszugeben.

И Грегор с таким же удовольствием отдал деньги.

Doch die im Gegenzug entgegengebrachte herzliche Zuneigung erlosch allmählich.

Но тёплая привязанность, проявленная в ответ, постепенно угасла.

Nur seine Schwester stand Gregor noch so nahe wie zuvor.

Лишь его сестра осталась так же близка к Грегору, как и прежде.

Im Gegensatz zu Gregor hatte sie eine tiefe Wertschätzung für Musik.

В отличие от Грегора, она глубоко ценила музыку.

Und sie konnte sehr berührend Geige spielen.

И она умела играть на скрипке очень трогательно.

Gregor plante insgeheim, sie auf eine Musikschule zu schicken.

Грегор тайно планировал отправить её в музыкальную школу.

Er hatte noch nicht entschieden, wie er die Kosten decken würde.

Он еще не решил, как будет оплачивать расходы.

Aber irgendwie würde er die Kosten decken.

Но так или иначе он покроет расходы.

Gelegentlich unternahmen Gregor und seine Familie Kurztrips.

Иногда Грегор и его семья совершали короткие поездки.

Gregor und seine Schwester sprachen oft über dieses Thema.

Грегор и его сестра часто поднимали эту тему.

Es wurde aber immer nur als eine wunderbare Idee erwähnt.

Но об этом упоминалось лишь как о замечательной идее.

Sie glaubten nicht wirklich, dass der Traum in Erfüllung gehen könnte.

Они не очень-то верили, что эта мечта может осуществиться.

Und den Eltern gefielen solche fantasievollen Ambitionen nicht.

А родителям такие нелепые амбиции не нравились.

Selbst wenn das Thema ganz harmlos angesprochen wurde.

Даже когда эта тема поднималась совершенно невинно.

Gregor dachte aber weiterhin an die Musikschule.

Но Грегор продолжал думать о музыкальной школе.

Und er hatte vor, das Geschenk am Heiligabend anzukündigen.

И он планировал объявить о подарке в канун Рождества.

In seinem jetzigen Zustand wäre das natürlich unmöglich.

Конечно, в его нынешнем состоянии это было бы невозможно.

Doch solche Gedanken gingen ihm durch den Kopf.

Но подобные мысли проносились у него в голове.

Und solche Gedanken kamen ihm, während er der Familie zuhörte.

И такие мысли посещали его, когда он слушал рассказы семьи.

Manchmal war er zu müde, um ihnen weiter zuzuhören.

Порой он так уставал, что не мог продолжать их слушать.

Vor Erschöpfung sank sein Kopf gegen die Tür.

От усталости он ударился головой о дверь.

Doch er legte sofort wieder seinen Kopf gegen die Tür.

Но он тут же снова прислонил голову к двери.

Denn selbst das leiseste Geräusch war draußen zu hören.

Потому что даже малейший шум был слышен снаружи.

Und jedes Geräusch, das er machte, brachte die Familie zum
Schweigen.

Любой шум, который он издавал, заставлял семью
замолчать.

„Was macht er denn jetzt?", fragte der Vater die Familie.

«Что он сейчас делает?» — спросил отец у семьи.

Und er ging zur Tür, um nachzusehen, was das Geräusch
verursachte.

И он подошел к двери, чтобы проверить, что это за шум.

Und dann wurde das unterbrochene Gespräch allmählich
wieder aufgenommen.

А затем прерванный разговор постепенно возобновился.

Was der Vater aber sagte, überraschte alle auf positive
Weise.

Но слова отца приятно удивили всех.

Gregor erfuhr nun den wahren Stand der Finanzen.

Грегор теперь узнал истинное финансовое положение дел.

Trotz all des Unglücks gab es auch etwas Glück.

Несмотря на все неудачи, была и доля удачи.

Ein kleines Vermögen aus alten Zeiten war noch vorhanden.

Там ещё оставалось небольшое состояние, накопленное в
былые времена.

Der Vater erklärte die Dinge, musste sich aber wiederholen.

Отец всё объяснил, но ему пришлось повторить.

Weil er sich eine Weile nicht mehr mit diesen Dingen
befasst hatte.

Потому что он давно не сталкивался с подобными вещами.

Und weil die Mutter solche Dinge nicht verstand.

А потому что мать не понимала таких вещей.

Die Zinssätze der Bank waren etwas gestiegen.

Процентные ставки банка немного повысились.

Das unberührte Geld hatte sich stärker erhöht als erwartet.

Объем нетронутых денежных средств увеличился больше,
чем ожидалось.

Darüber hinaus hatte Gregor ihnen immer seine Ersparnisse
gegeben.

Кроме того, Грегор всегда отдавал им свои сбережения.

Er hatte nur wenige Gulden für sich behalten.

Он всегда оставлял себе лишь несколько гульденов.

Und sein Geld war auch noch nicht vollständig aufgebraucht.

И деньги у него тоже не были потрачены полностью.

Zusammen hatte sich dieses Geld zu einem kleinen Kapital angesammelt.

Вместе эти деньги скопились и образовали небольшой капитал.

Gregor nickte hinter seiner Tür eifrig zu der Nachricht.

Грегор, стоявший за дверью, с нетерпением кивнул в ответ на эту новость.

Er war erfreut über diese unerwartete Vorsicht und Sparsamkeit.

Его порадовали эта неожиданная осторожность и бережливость.

Die überschüssigen Mittel hätten zur Tilgung der Schulden verwendet werden können.

Излишки средств можно было бы использовать для погашения долга.

Dann hätten sie dem Chef nichts mehr geschuldet.

Тогда они бы больше ничего не были должны боссу.

Und Gregor hätte schon viel früher eine neue Stelle annehmen können.

И Грегор мог бы устроиться на новую работу гораздо раньше.

Aber so, wie der Vater es arrangiert hatte, war es jetzt viel besser.

Но теперь отец всё организовал гораздо лучше.

Das Geld reichte nicht ganz zum Leben von den Zinsen.

Денег не хватало на жизнь за счет процентов.

Und ein Teil des Geldes musste für Notfälle zurückgelegt werden.

И пришлось отложить часть средств на случай чрезвычайных ситуаций.

Das Geld hätte nur für ein oder zwei Jahre gereicht.

Этих денег хватило бы лишь на год-два.

Das bedeutete, dass jemand Geld verdienen musste, damit sie leben konnten.

Это означало, что кто-то должен был зарабатывать деньги, чтобы они могли жить.

Der Vater war nicht krank und er war stark genug.

Отец не был болен и был достаточно силен.

Doch er war seit mehr als fünf Jahren arbeitslos.

Но он не работал уже более пяти лет.

Und aufgrund seines Alters hatte er kaum noch Selbstvertrauen.

А из-за возраста у него практически не осталось уверенности в себе.

Er hatte in letzter Zeit auch deutlich an Gewicht zugenommen.

В последнее время он также сильно поправился.

Sein Leben war stets mühsam und erfolglos gewesen.

Его жизнь всегда была полна трудностей и неудач.

Und dies war der erste Urlaub, den er je verbracht hatte.

И это был его первый в жизни отпуск.

Und da er nicht beschäftigt war, war er ziemlich ungeschickt geworden.

А из-за отсутствия постоянной занятости он стал довольно неуклюжим.

Wäre es besser, wenn die alte Mutter das Geld verdienen würde?

А может, лучше было бы, если бы деньги зарабатывала пожилая мать?

Die alte Mutter, die an Asthma litt.

Пожилая мать, страдавшая астмой.

Die alte Mutter, die Mühe hatte, die Treppe hinaufzugehen.

Пожилая мать, с трудом поднимающаяся по лестнице.

Die alte Mutter, die ihre Zeit damit verbrachte, auf dem Sofa zu liegen.

Старая мать, которая проводила время, валяясь на диване.

Die alte Mutter, die es vorzog, am Fenster zu sitzen.

Старушка, которая предпочитала сидеть у окна.

Damit sie bei Bedarf durchatmen konnte.

Чтобы она могла перевести дух, когда ей это было необходимо.

Wäre es besser, wenn die jüngere Schwester das Geld verdienen würde?

А может, лучше было бы, если бы младшая сестра зарабатывала деньги?

Die Schwester, die mit siebzehn Jahren noch ein Kind war.

Сестра, которой в семнадцать лет было еще совсем мало.

Die Schwester, die nur wenige, bescheidene Freuden hatte.

Сестра, у которой было лишь несколько скромных радостей.

Die Schwester, die am liebsten Geige spielte.

Сестра, которая больше всего любила играть на скрипке.

Sie wusste, dass ihr bisheriger Lebensstil sehr beneidenswert war;

Она знала, что ее прежний образ жизни был весьма завидным;

Sich schick anziehen, ausschlafen, im Haushalt helfen.

Хорошо одеваться, поздно просыпаться, помогать по дому.

Das Gespräch drehte sich oft um die Notwendigkeit, Geld zu verdienen.

Разговор часто переходил к необходимости зарабатывать деньги.

Gregor war immer der Erste, der die Tür losließ.

Грегор всегда первым отпускал дверь.

Das Gespräch erfüllte ihn mit Scham und Trauer.

Этот разговор поверг его в ярость от стыда и горя.

Also warf er sich auf das kühle Ledersofa.

И он бросился на остывший кожаный диван.

Und den Rest der Nacht verbrachte er oft auf dem Sofa.

И он часто проводил остаток ночи на диване.

Er hat nie wirklich auf dem Sofa geschlafen, auch nicht nachts.

Он никогда по-настоящему не спал ни на диване, ни по ночам.

Oft kratzte er stundenlang an dem Leder.

Часто он просто часами царапал кожу.

Manchmal schob er den Sessel ans Fenster.

В других случаях он подталкивал кресло к окну.

Allein dies erforderte von seiner Seite einen erheblichen Aufwand.

Уже одно это потребовало от него огромных усилий.

Der Sessel half ihm, auf die Fensterbank zu klettern.

Кресло помогло ему забраться на подоконник.

Und von dort aus konnte er sich ans Fenster lehnen.

И оттуда он смог прислониться к окну.

Er empfand dabei stets ein großes Gefühl der Freiheit.

Раньше, занимаясь этим, он испытывал огромное чувство свободы.

Vielleicht suchte er nach einem alten, befreienden Gefühl.

Возможно, он искал какое-то старое чувство свободы.

Doch seine Sehkraft war nicht mehr so scharf wie früher.

Но зрение у него уже не было таким острым, как раньше.

Dinge in geringer Entfernung waren verschwommen und undeutlich.

Предметы на небольшом расстоянии были размытыми и нечеткими.

Er konnte das Krankenhaus auf der anderen Straßenseite nicht mehr sehen.

Он больше не видел больницу через дорогу.

Vorher hatte er den Anblick verflucht, jetzt wollte er ihn sehen.

Раньше он проклинал этот вид, а теперь хотел его увидеть.

Er wusste, dass er in der ruhigen, städtischen Charlottenstraße wohnte.

Он знал, что живет в тихом, городском районе Шарлоттенштрассе.

Aber vielleicht dachte er, er blicke in die Wüste.

Но, возможно, он думал, что смотрит в пустыню.

Eine Ödnis, wo grauer Himmel und graue Erde verschmolzen.

Пустыня, где серое небо и серая земля слились воедино.

Zweimal bemerkte die aufmerksame Schwester, dass der Stuhl verschoben worden war.

Внимательная сестра дважды заметила, что стул передвинули.

Nachdem sie aufgeräumt hatte, schob sie den Stuhl zurück ans Fenster.

Приведя порядок, она отодвинула стул обратно к окну.

Und von nun an ließ sie sogar den Fensterflügel offen.

И с этого момента она даже оставляла оконную раму открытой.

Gregor wünschte sich sehr, er hätte mit seiner Schwester sprechen können.

Грегору очень хотелось поговорить со своей сестрой.

Er wollte ihr für alles danken, was sie für ihn getan hatte.

Он хотел поблагодарить её за всё, что она для него сделала.

Dann hätte er ihre Dienste leichter toleriert.

Тогда он бы легче терпел их услуги.

Doch so wie die Dinge standen, litt er darunter, dass sie ihm half.

Но в сложившейся ситуации он страдал от того, что она ему помогала.

Die Schwester versuchte natürlich, die Peinlichkeit zu überspielen.

Сестра, конечно же, попыталась сгладить неловкость ситуации.

Und sie tat ihr Bestes, so zu tun, als ob sie sich nicht belastet fühlte.

И она изо всех сил старалась притвориться, что не чувствует себя обремененной.

Natürlich musste sie das erst einmal üben.

Конечно, сначала ей нужно было это потренироваться.

Und je mehr Zeit verging, desto besser wurde sie darin.

И чем больше проходило времени, тем лучше у нее это получалось.

Gregor erhielt jedoch auch mehr Zeit, um ihr Täuschungsmanöver zu durchschauen.

Но Грегору также дали больше времени, чтобы он смог увидеть её притворство.

Schon das Betreten seines Zimmers durch sie war für ihn eine Tortur.

Даже её появление в его комнате стало для него испытанием.

Kaum war sie eingetreten, rannte sie direkt zum Fenster.

Как только она вошла, она сразу же подбежала к окну.

Sie nahm sich nicht einmal die Zeit, die Tür zu schließen.

Она даже не удосужилась закрыть дверь.

Normalerweise ersparte sie allen den Anblick von Gregors Zimmer.

Обычно она не показывала никому комнату Грегора.

Und mit hastigen Händen riss sie das Fenster auf.

И она торопливо распахнула окно.

Dann atmete sie wieder, als ob sie erstickt wäre.

Затем она снова вздохнула, словно задыхалась.

Die einströmende Luft war kalt, und sie atmete tief durch.

Воздух, поступавший внутрь, был холодным, и она глубоко вдохнула.

Dennoch blieb sie noch eine Weile am Fenster stehen.

Но, несмотря ни на что, она еще некоторое время оставалась у окна.

Mit dieser Routine ängstigte sie Gregor zweimal täglich.

Этим ритуалом она дважды в день пугала Грегора.

Während sie im Zimmer war, zitterte er unter dem Sofa.

Пока она была в комнате, он дрожал под диваном.

Er wusste, dass sie ihm diese Tortur gern erspart hätte.

Он знал, что она хотела бы избавить его от этого испытания.

Aber sie konnte nicht in dem Zimmer sein, wenn das Fenster geschlossen war.

Но она не могла находиться в комнате с закрытым окном.

Einmal kam sie etwas früher.

Однажды она пришла немного раньше.

Vermutlich etwa einen Monat nach Gregors Verwandlung.

Вероятно, примерно через месяц после превращения Грегора.

Sie hatte sich ein wenig an sein neues Aussehen gewöhnt.

Она уже немного привыкла к его новой внешности.

Sie hatte also keinen Grund mehr, besonders schockiert zu sein.

Поэтому у нее больше не было причин для особого шока.

Sie fand ihn immer noch regungslos aus dem Fenster starrend vor.

Она обнаружила, что он по-прежнему неподвижно смотрит в окно.

Er befand sich am schrecklichsten Ort, an dem er hätte sein können.

Он оказался в самом ужасном положении, в каком только мог оказаться.

Er wäre nicht überrascht gewesen, wenn sie nicht hereingekommen wäre.

Он бы не удивился, если бы она не вошла.

Er hinderte sie daran, das Fenster zu öffnen.

Находясь в этом месте, он не позволил ей открыть окно.

Sie verließ schnell wieder das Zimmer und schloss die Tür.

Она быстро вышла из комнаты и закрыла дверь.

Ein Fremder hätte zu allen möglichen Schlussfolgerungen gelangen können.

Посторонний человек мог прийти к самым разным выводам.

Vielleicht wartete er nur auf die Gelegenheit, sie zu beißen.

Возможно, он просто ждал подходящего момента, чтобы укусить её.

Gregor versteckte sich natürlich sofort unter dem Sofa.

Грегор, разумеется, тут же спрятался под диван.

Doch er musste bis Mittag warten, bis seine Schwester zurückkehrte.

Но ему пришлось ждать до полудня, пока вернется его сестра.

Und sie wirkte viel unruhiger als sonst.

И она казалась гораздо более беспокойной, чем обычно.

Ihm wurde klar, dass der Anblick von ihm immer noch unerträglich war.

Он понял, что вид этого человека по-прежнему невыносим.

Der Anblick von ihm würde für sie weiterhin unerträglich bleiben.

Вид его оставался для неё невыносимым.

Sie konnte es wahrscheinlich nicht ertragen, auch nur einen Teil von ihm zu sehen.

Вероятно, она не могла вынести вида ни одной его части.

Ein kleines Teil ragte immer unter dem Sofa hervor.

Небольшая часть постоянно торчала из-под дивана.

Eines Tages trug er ein Bettlaken auf dem Rücken zum Sofa.

Однажды он донес простыню на спине до дивана.

Er wollte verhindern, dass sie irgendetwas von ihm sah.

Он хотел уберечь её от того, чтобы она увидела хоть какую-то его часть.

Er richtete das Bettlaken so aus, dass er vollständig verdeckt war.

Он поправил простыню так, чтобы полностью скрыть себя.

Selbst wenn sie sich bückte, könnte sie ihn nicht sehen.

Даже если бы она наклонилась, она бы его не увидела.

Für Gregor dauerte die gesamte Arbeit mehr als drei Stunden.

На всю эту работу у Грегора ушло более трех часов.

Möglicherweise hielt sie das Bettlaken für überflüssig.

Возможно, она посчитала простыню ненужной.

Sie hätte gewusst, dass er das Bettlaken nicht wollte.

Она бы знала, что ему не нужна простыня.

Er tat es zu ihrem Wohlbefinden und nicht für sich selbst.

Он делал это ради её комфорта, а не ради себя.

Und sie hätte das Bettlaken abnehmen können, wenn sie gewollt hätte.

И она могла бы снять простыню, если бы захотела.

Aber sie ließ das Bettlaken dort, wo Gregor es hingelegt hatte.

Но простыню она оставила там, где её положил Грегор.

Und Gregor glaubte sogar, einen dankbaren Blick erhascht zu haben.

И Грегору даже показалось, что он заметил благодарный взгляд.

Er hatte das Bettlaken vorsichtig mit dem Kopf angehoben.

Он осторожно приподнял простыню головой.

Er wollte herausfinden, ob seiner Schwester die Vereinbarung gefiel.

Он хотел узнать, понравится ли его сестре такое положение дел.

Die ersten zwei Wochen waren für die Eltern am schwierigsten.

Первые две недели были самыми трудными для родителей.

Sie brachten es nicht übers Herz, hereinzukommen und ihn zu sehen.

Они не смогли заставить себя войти и увидеть его.

Er belauschte in dieser Zeit viele ihrer Gespräche.

В это время он подслушал многие из их разговоров.

Sie nahmen alles, was die Schwester tat, voll und ganz zur Kenntnis.

Они полностью признавали все действия сестры.

Auch wenn sie früher oft verärgert über sie waren.

Хотя раньше они часто на нее злились.

Weil sie ein ziemlich nutzloses Mädchen gewesen zu sein schien.

Потому что она казалась довольно бесполезной девушкой.

Nun warteten sie auf der anderen Seite des Raumes.

Теперь уже они ждали в другой части комнаты.

Und sie war es, die den Raum betrat, um alles zu erledigen.

И именно она заходила в комнату, чтобы всё делать.

Sobald sie herauskam, wollten sie alles wissen.

Как только она вышла, им захотелось узнать всё.

Sie musste ihnen genau beschreiben, wie das Zimmer aussah.

Ей пришлось в точности описать им, как выглядит комната.

„Was hat Gregor gegessen? Wie hat er sich diesmal verhalten?"

«Что ел Грегор? Как он себя вёл на этот раз?»

„War vielleicht eine leichte Verbesserung zu bemerken?"

«Возможно, были замечены какие-то незначительные улучшения?»

Die Mutter war übrigens tatsächlich mutiger.

Мать, кстати, оказалась даже смелее.

Und natürlich war es ihr eigener Sohn im Zimmer.

И, конечно же, в комнате находился её собственный сын.

Sie wollte Gregor eigentlich schon bald besuchen.

На самом деле она хотела навестить Грегора в ближайшее время.

Doch der Vater und die Schwester hielten sie zunächst zurück.

Но отец и сестра поначалу сдерживали её.

Sie brachten sehr rationale Argumente dafür vor, dass sie nicht gehen sollte.

Они привели очень веские аргументы в пользу того, чтобы она не ехала.

Gregor hörte ihren Argumenten sehr aufmerksam zu.

Грегор очень внимательно выслушал их доводы.

Und er akzeptierte die Argumentation genauso wie seine Mutter.

И он принял эти доводы в той же мере, что и его мать.

Später musste sie jedoch mit Gewalt zurückgehalten werden.

Однако позже её пришлось удерживать силой.

"Lasst mich zu Gregor hinein, er ist mein unglücklicher Sohn!"

«Впустите меня к Грегору, он мой несчастный сын!»

"Verstehst du denn nicht, dass ich ihn aufsuchen muss?"

«Разве вы не понимаете, что мне нужно пойти к нему?»

Gregor ließ sich ebenfalls von den Argumenten seiner Mutter überzeugen.

Грегора также убедили доводы его матери.

Vielleicht hatte sie recht; es wäre gut, wenn sie hereinkäme.

Возможно, она была права; было бы хорошо, если бы она вошла.

Ihn jeden Tag zu besuchen, wäre viel zu viel.

Приходить к нему каждый день было бы слишком утомительно.

Aber ihn vielleicht einmal pro Woche zu sehen, könnte genügen.

Но, возможно, достаточно будет видеться с ним раз в неделю.

Sie versteht die Dinge vielleicht viel besser als die Schwester.

Она, возможно, понимает ситуацию гораздо лучше, чем сестра.

Trotz all ihres Mutes war sie doch nur ein Kind.

Несмотря на всю свою храбрость, она была всего лишь ребёнком.

Vielleicht war es kindliche Unbekümmertheit, die sie dazu veranlasste, diese Aufgabe anzunehmen.

Возможно, детская безрассудность подтолкнула ее к этому заданию.

Doch Gregors Wunsch, seine Mutter wiederzusehen, ging bald in Erfüllung.

Но желание Грегора увидеть свою мать вскоре исполнилось.

Tagsüber hielt sich Gregor vom Fenster fern.

В дневное время Грегор держался подальше от окна.

Dies tat er aus Rücksicht auf seine Eltern.

Он сделал это из уважения к своим родителям.

Er hatte nicht viel Platz, um auf dem Boden herumzukriechen.

Ему было очень мало места, чтобы ползать по полу.

Es fiel ihm schwer, nachts still zu liegen.

Ему было трудно лежать спокойно по ночам.

Das Essen bereitete ihm nicht einmal mehr die geringste Freude.

Еда больше не доставляла ему ни малейшего удовольствия.

Natürlich musste er sich irgendwie ablenken.

Конечно, ему нужно было как-то отвлечься.

Um sich die Zeit zu vertreiben, kletterte er die Wände rauf und runter.

Чтобы развлечь себя, он ползал вверх и вниз по стенам.

Und er kroch auch kopfüber an der Decke entlang.

А еще он полз по потолку вверх ногами.

Besonders glücklich war er, als er von der Decke hing.

Он был особенно счастлив, когда висел на потолке.

Es war etwas völlig anderes, als auf dem Boden zu liegen.

Это было совершенно не похоже на лежание на полу.

In dieser Position fiel ihm das Atmen deutlich leichter.

В этом положении ему было гораздо легче дышать.

Ein leichtes, aber angenehmes Kribbeln durchfuhr seinen Körper.

По его телу пробежала легкая, но приятная вибрация.

Manchmal gab er sich seinem Glück sogar zu sehr hin.

Иногда он даже слишком увлекался своим счастьем.

Manchmal ließ er sich ablenken und ließ die Decke los.

Иногда он отвлекался и отпускал потолок.

Und zu seiner eigenen Überraschung landete er wieder auf dem Boden.

И, к своему собственному удивлению, он приземлился обратно на землю.

Aber er hatte seinen Körper deutlich besser unter Kontrolle als zuvor.

Но он стал гораздо лучше контролировать своё тело, чем раньше.

So verletzte er sich nun nicht mehr bei so heftigen Stürzen.

Поэтому теперь он не получает травм от таких сильных падений.

Die Schwester bemerkte sofort Gregors neue Freude.

Сестра сразу заметила новое удовольствие, которое испытывал Грегор.

Und dort, wo er gekrochen war, waren Klebstoffreste zu sehen.

А там, где он полз, были следы клея.

Auch hier dachte die Schwester an Gregors Wohlbefinden.

И снова сестра задумалась о самочувствии Грегора.

Vielleicht würde er mehr Platz zum Herumkriechen begrüßen.

Возможно, ему бы пригодилось больше места для ползания.

Und der Gedanke hatte sich fest in ihrem Kopf verankert.

И эта мысль прочно закрепилась в её голове.

Einige der großen Möbelstücke behinderten seine Bewegungsfreiheit.

Часть крупной мебели ограничивала его свободу передвижения.

Da er nicht mehr arbeitete, brauchte er den Schreibtisch nicht mehr.

Он больше не работал, поэтому стол ему больше не был нужен.

Und die Schachtel nahm auch mehr Platz ein als nötig. ***

И коробка занимала больше места, чем нужно. ***

Die Schwester war nicht in der Lage, diese Dinge allein zu bewegen.

Сестра не смогла бы передвинуть эти вещи в одиночку.

Natürlich wagte sie es nicht, den Vater um Hilfe zu bitten.

Конечно, она не осмелилась попросить отца о помощи.

Das Dienstmädchen hätte ihr sicherlich auch nicht geholfen.

Горничная ей бы тоже, конечно, не помогла.

Das neue Dienstmädchen war tatsächlich ein Jahr jünger als sie.

Новая горничная была на самом деле на год моложе её.

Sie hatte mutig die Rolle der ehemaligen Magd übernommen.

Она смело взяла на себя роль бывшей горничной.

Doch ein Privileg wollte sie unbedingt haben.

Но была одна привилегия, на которой она настаивала.

Sie wollte die Küche stets verschlossen halten.

Она хотела, чтобы кухня всегда была заперта.

Daher blieb der Schwester nichts anderes übrig, als ihre Mutter zu fragen.

Поэтому у сестры не оставалось другого выбора, кроме как спросить свою мать.

Unter Freudenschreien kam die Mutter herbei, um zu helfen.

Мать, радостно крича, пришла на помощь.

Doch an der Tür zu Gregors Zimmer verstummte sie.

Но она замолчала у двери комнаты Грегора.

Die Schwester überprüfte, ob im Zimmer alles in Ordnung war.

Сестра проверила, всё ли в порядке в комнате.

Gregor hatte das Bettlaken hastig noch straffer gezogen.

Грегор поспешно еще плотнее натянул простыню.

Obwohl das Bettlaken immer noch willkürlich angeordnet aussah.

Хотя простыня по-прежнему выглядела небрежно разложенной.

Erst dann ließ sie ihre Mutter ins Zimmer.

И только после этого она впустила мать в комнату.

Gregor verzichtete auch darauf, unter dem Laken hervorzuspähen.

Грегор также воздерживался от подглядывания из-под простыни.

Er beschloss, diesmal auf einen Besuch bei seiner Mutter zu verzichten.

Он решил на этот раз не видеться с матерью.

Gregor war schon froh genug, dass sie überhaupt gekommen war.

Грегор был вполне рад тому, что она вообще пришла.

„Komm herein, du kannst ihn nicht sehen", sagte die Schwester.

«Заходите, вы его не увидите», — сказала сестра.

Gregor nahm an, dass sie ihre Mutter an der Hand führte.

Грегор предположил, что она вела свою мать за руку.

Dann hörte er, wie die beiden schwachen Frauen die Möbel verrückten.

Затем он услышал, как две ослабевшие женщины передвигают мебель.

Die Schwester schien den größten Teil der Arbeit für sich zu beanspruchen.

Похоже, сестра присвоила себе большую часть работы.

Ihre Mutter befürchtete, sie würde sich überanstrengen.

Ее мать опасалась, что она перенапряжется.

Doch die Schwester schenkte diesen Warnungen keine Beachtung.

Но сестра не обратила внимания на эти предупреждения.

Doch auch nach fünfzehn Minuten ging es nur sehr langsam voran.

Но даже спустя пятнадцать минут прогресс был очень медленным.

Es war ihnen nicht gelungen, die Möbel weit zu bewegen.

Им не удалось отодвинуть мебель достаточно далеко.

Langsam beschlich sie ein Gefühl der Niederlage.

Они постепенно начали испытывать чувство поражения.

Die Mutter war die Erste, die die Sinnlosigkeit eingestand.

Мать первой признала всю безнадежность ситуации.

"Vielleicht wäre es besser, die Schachtel hier zu lassen."

«Возможно, лучше оставить коробку здесь».

„Die Kiste ist zu schwer, als dass wir sie noch viel weiter bewegen könnten."

«Коробка слишком тяжелая, чтобы мы могли передвинуть ее дальше».

„Und wir werden nicht fertig sein, bevor dein Vater eintrifft."

«И мы не закончим до приезда вашего отца».

„Wenn wir die Kiste hier lassen würden, würde das seinen Weg nur noch mehr versperren."

«Оставив коробку здесь, вы еще больше заблокируете ему путь».

Und können wir sicher sein, dass wir ihm damit einen Gefallen tun?

«И можем ли мы быть уверены, что оказываем ему услугу?»

Sie begannen zu glauben, dass das Gegenteil durchaus der Fall sein könnte.

Они начали думать, что вполне может быть верно и обратное.

Der Anblick der leeren Wand lastete schwer auf ihrem Herzen.

Вид пустой стены тяжело отдавил ей сердце.

Was spricht dagegen, dass Gregor das auch so empfinden würde?

Кто знает, может быть, Грегор тоже так думал?

„Er hat sich bereits an die Möbel in seinem Zimmer gewöhnt.“

«Он уже привык к мебели в своей комнате».

„In einem leeren Zimmer könnte er sich noch verlassener fühlen.“

«В пустой комнате он может почувствовать себя еще более покинутым».

Ihre Stimme war inzwischen fast zu einem Flüstern gesunken.

К этому моменту ее голос почти понизился до шепота.

Sie wusste tatsächlich nicht, wo sich Gregor genau aufhielt.

Она на самом деле не знала точного местонахождения Грегора.

Sie wollte nicht einmal, dass er ihre Stimme hörte.

Она не хотела, чтобы он даже услышал её голос.

Obwohl sie sich sicher war, dass er sie nicht verstand.

Хотя она была уверена, что он её не понимает.

„Würde es nicht so aussehen, als hätten wir ihn völlig aufgegeben?“

«Не создаст ли это впечатление, будто мы совсем от него отчаялись?»

"Wird er nicht das Gefühl haben, dass wir ihn mit der Situation allein lassen?"

«Не покажется ли ему, что мы оставляем его одного?»

„Wir sollten den Raum genau so verlassen, wie er war.“

«Мы должны оставить комнату в том же состоянии, в каком она была».

„Irgendwann wird Gregor zu uns zurückkehren, so wie er war.“

«В конце концов Грегор вернется к нам таким, каким был раньше».

„Dann wird er feststellen, dass alles noch an seinem Platz ist.“

«Тогда он обнаружит, что всё по-прежнему на своих местах».

„Und er wird die Übergangszeit viel leichter vergessen.“

«И он гораздо легче забудет этот переходный период».

Als Gregor diese Worte hörte, begriff er etwas.

Услышав эти слова, Грегор кое-что понял.

Sein Verstand war in den letzten zwei Monaten verwirrt worden.

За последние два месяца его разум запутался.

Der Mangel an menschlicher Interaktion hatte ihm nicht gutgetan.

Отсутствие человеческого общения пошло ему на пользу.

Er brauchte das eintönige Leben im Kreise seiner Familie wirklich.

Ему действительно была необходима монотонная жизнь в кругу семьи.

Warum sonst hätte er eine solch unsinnige Forderung gestellt?

Иначе зачем бы он выдвинул такое нелепое требование?

Welchen Sinn sollte es denn haben, sein Zimmer zu räumen?

Какой смысл был в том, чтобы освободить его комнату?

Das gemütliche Zimmer war mit geerbten Möbeln eingerichtet.

Уютная комната, обставленная унаследованной мебелью.

Warum sollte er diese bekannte Wärme in eine Höhle verwandeln wollen?

Зачем ему понадобилось превращать это хорошо известное тепло в пещеру?

Eine Höhle, in der er ungestört in alle Richtungen kriechen konnte.

Пещера, где он мог бы спокойно ползать во всех направлениях.

Doch in einer Höhle vergaß er rasch seine menschliche Vergangenheit.

Но это была пещера, в которой он быстро забыл свое человеческое прошлое.

Er fragte sich, ob er schon kurz davor war, alles zu vergessen.

Ему оставалось лишь гадать, не близок ли он уже к тому, чтобы забыть.

Die Stimme seiner Mutter hatte ihn aufgerüttelt und seine Erinnerung wachgerufen.

Голос матери заставил его вспомнить.

Die Stimme, die er so lange nicht gehört hatte.

Голос, которого он не слышал так давно.

Nichts durfte entfernt werden; alles musste bleiben.

Ничего нельзя было убирать; всё должно было остаться на месте.

Die Möbel wirkten sich positiv auf seinen Zustand aus.

Мебель оказала положительное влияние на его состояние.

Und ohne diesen Anker zur Vergangenheit konnte er nicht zurechtkommen.

И он не мог справиться без этой связи с прошлым.

Die Möbel hinderten ihn daran, sinnlos herumzukriechen.

Мебель не позволяла ему бесконтрольно ползать.

Das war aber kein Verlust, sondern vielmehr ein großer Vorteil.

Но это не было потерей; напротив, это стало большим преимуществом.

Leider hatte die Schwester eine ganz andere Meinung.

К сожалению, у сестры было совсем другое мнение.

Sie war gewissermaßen zu einer Sprecherin Gregors geworden.

Она в некотором смысле стала представителем Грегора.

Natürlich war ihre Meinung nicht völlig unberechtigt.

Конечно, её мнение было не совсем необоснованным.

Doch der Meinung ihrer Mutter musste hier widersprochen werden.

Но здесь мнение ее матери необходимо было опровергнуть.

Es war nicht nur die Kiste, die nun entfernt werden musste.

Теперь нужно было убрать не только коробку.

Sein Schreibtisch und der Kleiderschrank konnten ebenfalls nicht bleiben.

Его письменный стол и шкаф тоже не могли остаться.

Das Einzige, was unverzichtbar war, war das Sofa.

Единственным необходимым предметом был диван.

Sie hat diese Entscheidung nicht aus kindischem Trotz getroffen.

Она приняла это решение не просто из-за детского неповиновения.

Es lag auch nicht an ihrem erst kürzlich gewonnenen Selbstvertrauen.

И дело было не в недавно приобретенной уверенности в себе.

Das neue Selbstvertrauen, das sie hatte, trieb sie an, so hart für den Sieg zu arbeiten.

Новая уверенность, которую она обрела, когда так упорно боролась за победу.

Auch wenn niemand erwartet hatte, dass sie dazu in der Lage sein würde.

Хотя никто и не ожидал, что она сможет это сделать.

Gregor brauchte tatsächlich viel Platz zum Kriechen.

Грегору действительно требовалось много места, чтобы ползать.

Die Möbel schränkten den ihm zur Verfügung stehenden Raum zusätzlich ein.

Мебель лишь ограничивала имеющееся у него пространство.

Sie konnte diese Dinge besser sehen als die Mutter.

Она могла видеть эти вещи лучше, чем мать.

Aber vielleicht spielte auch ihre romantische Ader eine
Rolle.

Но, возможно, свою роль сыграл и её романтический дух.

Mädchen in diesem Alter entwickeln oft eine gewisse
Begeisterung.

Девочки в этом возрасте часто проявляют определенный
энтузиазм.

Und sie verspüren das Bedürfnis, ihren Willen
durchzusetzen, wann immer es ihnen möglich ist.

И они чувствуют потребность добиваться своего при
любой возможности.

Vielleicht wollte sie ihn deshalb heimlich sabotieren.

Возможно, именно поэтому она хотела тайно ему
навредить.

Noch furchterregender ist er, wenn er an den Wänden
entlangkriecht.

Он становится ещё страшнее, когда ползает по стенам.

Die Eltern trauten sich nicht mehr, das Zimmer zu betreten.

Родители больше не осмеливались входить в комнату.

Sie wäre tatsächlich die alleinige Betreuerin ihres Bruders.

Она действительно станет единственной опекуншей своего
брата.

Sie ließ sich von ihrer Mutter nicht umstimmen.

Она не позволила матери переубедить её.

Gregors Mutter fühlte sich in dem Zimmer bereits unwohl.

Мать Грегора уже чувствовала себя неловко в комнате.

Sie hörte bald auf zu sprechen und half ihrer Tochter erneut.

Вскоре она замолчала и снова начала помогать дочери.

Mit ihren letzten Kräften entfernten sie den Kleiderschrank.

Оставшиеся силы они вынесли шкаф.

Auf die Kommode konnte er verzichten.

Комод был тем, без чего он вполне мог обойтись.

Der Schreibtisch musste aber vorerst dort bleiben.

Но стол пока придётся оставить на месте.

Während die Frauen weg waren, versuchte er, sich einen
Überblick über den Raum zu verschaffen.

Пока женщин не было, он попытался осмотреть комнату.

Und Gregor streckte seinen Kopf unter dem Sofa hervor.

И Грегор высунул голову из-под дивана.

Er musste sehen, was er in dieser Situation tun konnte.

Ему нужно было понять, что он может сделать в этой ситуации.

Aber er war so vorsichtig und rücksichtsvoll wie möglich.

Но он был максимально осторожен и внимателен.

Leider war es die Mutter, die zuerst zurückkehrte.

К сожалению, первой вернулась мать.

Grete war noch dabei, den Kleiderschrank im Nebenzimmer umzustellen.

Грета все еще передвигала шкаф в соседней комнате.

Die Mutter war den Anblick Gregors jedoch nicht gewohnt.

Но мать не привыкла видеть Грегора.

Schon ein flüchtiger Blick auf ihn hätte sie krank machen können.

Даже один взгляд на него мог вызвать у нее тошноту.

Gregor eilte rückwärts zum anderen Ende des Sofas.

Грегор поспешно отступил назад, к дальнему краю дивана.

Aber er konnte sich nicht zurücklehnen und das Bettlaken ausbalancieren.

Но он не мог отступить назад и удержать на месте простыню.

Die Bewegung reichte aus, um die Aufmerksamkeit der Mutter zu erregen.

Одного движения было достаточно, чтобы привлечь внимание матери.

Sie hielt inne und verharrte einen kurzen Moment ganz still.

Она сделала паузу и на мгновение замерла.

Dann drehte sie sich um und verließ das Zimmer wieder.

Затем она повернулась и вышла из комнаты.

Gregor redete sich immer wieder ein, dass nichts Ungewöhnliches passiert sei.

Грегор продолжал убеждать себя, что ничего необычного не произошло.

„Es handelt sich lediglich um ein paar Möbelstücke, die weggebracht wurden.“

«Забрали всего лишь часть мебели».

Doch schon bald musste er zugeben, dass ihn die Ereignisse mitgenommen hatten.

Но вскоре ему пришлось признать, что эти события повлияли на него.

Die Frauen hatten alles, was sie taten, auch gesagt.

Женщины говорили обо всём, что делали.

Sie waren im Zimmer auf und ab gegangen.

Они ходили взад и вперед по комнате.

Das Kratzen aller Möbelstücke auf dem Boden.

Скребущийся по полу шорох всей мебели.

Er hatte das Gefühl, von allen Seiten angegriffen zu werden.

Ему казалось, что на него нападают со всех сторон.

Er zog Kopf und Beine so fest wie möglich an.

Он втянул голову и ноги как можно крепче.

Mit aller Kraft presste er seinen Körper zu Boden.

Он изо всех сил прижался телом к земле.

Er wusste, dass er das alles nicht mehr lange aushalten konnte.

Он понимал, что больше не сможет это терпеть.

Sie räumten sein Zimmer aus und nahmen alles mit, was ihm lieb und teuer war.

Они вывезли все вещи из его комнаты и забрали все, что он любил.

Sie hatten bereits die Kiste mit all seinen Werkzeugen mitgenommen.

Они уже забрали ящик со всеми его инструментами.

Nun lockerten sie seinen schweren Schreibtisch vom Boden.

Теперь они начали отрывать его тяжелый стол от пола.

Der Schreibtisch, an dem er nach seiner Rückkehr von der Arbeit gearbeitet hatte.

Стол, за которым он работал после возвращения с работы.

Der Schreibtisch, an dem er seine Geschäftsaufgaben erledigt hatte.

Стол, за которым он записывал свои рабочие задания.

Der Schreibtisch, an dem er in der Sekundarschule seine Hausaufgaben gemacht hatte.

Парта, за которой он делал домашнее задание в средней школе.

Ja, diesen Schreibtisch hatte er schon in der Grundschule.

Да, у него этот стол был ещё в начальной школе.

Er hatte wirklich keine Zeit, sich von ihren guten Absichten zu überzeugen.

У него действительно не было времени, чтобы убедиться в их благих намерениях.

Obwohl er beinahe vergessen hatte, dass sie überhaupt da waren.

Хотя он и так почти забыл об их присутствии.

Weil sie vor Erschöpfung still arbeiteten.

Потому что они работали молча, из-за истощения.

Sie waren zu müde, um ihre Bewegungen jetzt noch bekannt zu geben.

Они были слишком уставшими, чтобы сейчас объявлять о своих передвижениях.

Alles, was er hörte, waren ihre schweren Schritte auf dem Boden.

Он слышал только их тяжелые шаги по полу.

Genau in diesem Moment lehnten sie an der Kiste.

В этот самый момент они прислонились к коробке.

Und da kam Gregor unter dem Sofa hervor.

И тут из-под дивана вылез Грегор.

Er änderte viermal seine Laufrichtung.

Он четыре раза менял направление своего движения.

Er konnte sich nicht entscheiden, welcher Gegenstand zuerst gerettet werden musste.

Он не мог решить, какой предмет нужно спасти в первую очередь.

Plötzlich richtete sich sein Blick auf die leere Wand.

Внезапно его внимание привлекла пустая стена.

Alles, was sie ihm hinterlassen hatten, war das Bild der Dame im Pelzmantel.

Всё, что у них осталось, — это портрет женщины в меховой шубе.

Er kroch zu dem Bild und drückte seinen Körper an sie.

Он подполз к картине и прижался к ней всем телом.

Und sein Körper verdeckte vollständig das Bild.

И его тело полностью закрывало обзор на фотографии.

Das Glas stützte ihn und kühlte seinen heißen Bauch.

Стакан поддерживал его и успокаивал разгоряченный живот.

Dieses Foto konnte ihm nicht mehr abgenommen werden.

Этот снимок уже невозможно было у него отобрать.

Dann wandte er den Kopf zur Wohnzimmertür.

Затем он повернул голову в сторону двери гостиной.

Er wollte zusehen, wie die Frauen ins Zimmer zurückkehrten.

Он собирался наблюдать, как женщины вернутся в комнату.

Und sie ruhten sich nicht lange aus, bevor sie wieder zurückkehrten.

И они недолго отдыхали, прежде чем вернуться снова.

Grete hatte den Arm um ihre Mutter gelegt, um ihr beim Gehen zu helfen.

Грета обняла мать, помогая ей идти.

„Was sollen wir denn jetzt nehmen?", fragte Grete und blickte sich um.

«Что же нам теперь взять?» — спросила Грета и огляделась.

Genau in diesem Moment trafen sich ihre Blicke mit Gregors.

В этот самый момент её взгляд встретился с взглядом Грегора.

Trotz des Schocks behielt sie die Fassung.

Несмотря на шок, она сохранила самообладание.

Vermutlich nur wegen der Anwesenheit ihrer Mutter.

Вероятно, только из-за присутствия матери.

Sie neigte ihr Gesicht zu ihrer Mutter und verdeckte ihr die Sicht.

Она склонила лицо к матери, закрывая ему обзор.

Und dann sagte sie, zitternd und gedankenlos:

И затем она сказала, хотя и дрожа и ни о чём не
задумываясь:
**"Kommt schon, sollten wir nicht zurück ins Wohnzimmer
gehen?"**
"Да ладно, может, вернёмся в гостиную?"
Gregor konnte die Absichten der Schwester leicht verstehen.
Грегор легко мог понять намерения сестры.
**Ihre oberste Priorität war es, ihre Mutter in Sicherheit zu
bringen.**
Ее первоочередной задачей было обеспечить безопасность
матери.
Aber dann wollte sie ihn von der Mauer herunterjagen.
Но затем она собиралась догнать его со стены.
„Nun, sie kann es ja versuchen!", dachte Gregor bei sich.
«Ну, она, конечно, может попробовать!» — подумал про
себя Грегор.
Er behielt sein Bild fest im Blick und gab es nicht her.
Он твердо стоял на своем и не хотел отказываться от своего
портрета.
Am liebsten wäre er der Schwester ins Gesicht gesprungen.
Он бы предпочел прыгнуть сестре прямо в лицо.
**Doch Gretes Worte hatten ihre Mutter noch mehr
beunruhigt.**
Но слова Греты еще больше встревожили ее мать.
Sie trat beiseite, um zu sehen, was vor ihr verborgen wurde.
Она отошла в сторону, чтобы посмотреть, что от нее
скрывают.
Und sie sah den braunen Fleck auf der geblümten Tapete.
И она увидела коричневое пятно на обоях с цветочным
рисунком.
**Und sie schrie auf, noch bevor sie merkte, dass es Gregor
war.**
И она закричала, даже не успев понять, что это Грегор.
"Oh Gott", schrie sie mit ausgestreckten Armen.
«О Боже!» — закричала она, раскинув руки в стороны.
Und sie sank auf die Couch, als hätte sie aufgegeben.
И она упала на диван, словно сдавшись.

„Gregor!", rief die Schwester ihm mit erhobener Faust zu.

«Грегор!» — крикнула ему сестра, подняв кулак.

Und sie warf ihm einen langen, harten und durchdringenden Blick zu.

И она бросила на него долгий, суровый и проницательный взгляд.

Dies war das erste Mal, dass sie direkt mit ihm gesprochen hatte.

Это был первый раз, когда она заговорила с ним напрямую.

Sie rannte ins Nebenzimmer, um Riechsalz zu holen.

Она побежала в соседнюю комнату за нашатырным спиртом.

Sie musste ihre Mutter wieder zum Bewusstsein bringen.

Ей нужно было привести мать в сознание.

Gregor wollte helfen, er konnte das Bild später aufbewahren.

Грегор хотел помочь, фотографию он мог бы сохранить позже.

Doch er war fest an der Glasscheibe festgeklebt.

Но он намертво прилип к стеклу.

Deshalb musste er sich mit großer Kraft losreißen.

Поэтому ему пришлось с большим усилием оторваться от него.

Auch er rannte in den nächsten Raum, wo sich die Schwester befand.

Он тоже побежал в соседнюю комнату, где находилась сестра.

Früher hätte er ihr vielleicht einen Rat geben können.

В былые времена он мог бы дать ей какой-нибудь совет.

Doch nun konnte er nichts anderes tun, als tatenlos zuzusehen.

Но теперь ему оставалось лишь бездействовать и наблюдать.

Sie durchwühlte die Schublade und öffnete verschiedene Flaschen.

Она порылась в ящике, открывая разные бутылки.

Und er erschreckte sie immer noch, als sie sich umdrehte.

И он по-прежнему пугал ее, когда она оборачивалась.

Eine Flasche fiel zu Boden, zerbrach und splitterte.

Бутылка упала на пол, разбилась и рассыпалась на осколки.

Ein Glassplitter traf Gregor im Gesicht und verletzte ihn.

Осколок стекла попал Грегору в лицо и ранил его.

Die Flasche hatte eine Art ätzende Flüssigkeit enthalten.

В бутылке находилась какая-то едкая жидкость.

Und nun brannte die ätzende Flüssigkeit auf Gregors Gesicht.

И теперь едкая жидкость обжигала лицо Грегора.

Die Schwester hatte jedoch im Moment keine Zeit für Gregor.

Однако у сестры сейчас не было времени на Грегора.

Sie sammelte so viele Flaschen ein, wie sie tragen konnte.

Она взяла столько бутылок, сколько смогла.

Und sie rannte mit der Medizin zurück zu ihrer Mutter.

И она побежала обратно к матери с лекарством.

Sie schlug die Tür mit dem Fuß zu und schloss Gregor aus.

Она хлопнула дверью ногой, выгоняя Грегора наружу.

Nun war er von seiner möglicherweise sterbenden Mutter abgeschnitten.

Теперь он был отрезан от своей, возможно, умирающей матери.

Wenn er die Tür öffnete, würde er die Schwester verjagen.

Если бы он открыл дверь, он бы прогнал сестру.

Aber natürlich musste sie bleiben, um sich um die Mutter zu kümmern.

Но, конечно, ей нужно было остаться, чтобы позаботиться о матери.

Es gab für ihn nichts anderes zu tun, als auf sie zu warten.

Теперь ему оставалось только ждать их.

Von Selbstvorwürfen und Angst geplagt, begann er zu kriechen.

Мучимый самообвинением и тревогой, он начал ползать.

Er kroch überall hin; an Wänden, Möbeln, der Decke.

Он ползал повсюду: по стенам, мебели, потолку.

Er hatte das Gefühl, als würde sich der ganze Raum um ihn drehen.

Ему казалось, что вся комната кружится вокруг него.

Schließlich fiel er, verzweifelt und schwindlig, wieder zu Boden.

Наконец, в отчаянии и головокружении, он снова упал.

Und er fiel direkt auf den großen Esstisch.

И он упал прямо на большой обеденный стол.

Er lag eine Weile da, betäubt und unfähig sich zu bewegen.

Он некоторое время лежал там, онемевший и неспособный пошевелиться.

Er war erschöpft von all dem, was ihm dieser Tag gebracht hatte.

Он был измотан всем, что принес ему этот день.

Es herrschte ringsum Stille, aber vielleicht war das ein gutes Zeichen.

Вокруг царила тишина, но, возможно, это был хороший знак.

Dann zerriss das Klingeln an der Haustür die Stille.

Затем, нарушив тишину, раздался звонок в дверь.

Das Dienstmädchen hatte sich natürlich in ihrer Küche eingeschlossen.

Горничная, разумеется, заперлась на кухне.

Die Schwester war also die Einzige, die die Tür öffnen konnte.

Поэтому только сестра могла открыть дверь.

„Was ist passiert?", fragte der Vater als Erstes.

«Что случилось?» — первым делом спросил отец.

Gretes Erscheinung hatte ihm wahrscheinlich alles verraten.

Появление Греты, вероятно, сказало ему всё.

Gretes Stimme wurde beim Sprechen gedämpft und dumpf.

Голос Греты стал приглушенным и глухим, когда она заговорила.

Sie muss ihr Gesicht an die Brust ihres Vaters gedrückt haben.

Должно быть, она прижалась лицом к груди отца.

„Mutter war bewusstlos, aber es geht ihr jetzt besser.“

«Мать была без сознания, но сейчас ей лучше».

„Gregor ist entkommen“, fügte sie hinzu, was er auch erwartet hatte.

«Грегор сбежал», — добавила она, чего он и ожидал.

"Ich habe dir doch immer gesagt, dass er eines Tages ausbrechen würde."

«Я всегда говорила тебе, что однажды он сбежит».

„Aber ihr Frauen wolltet mir ja nicht zuhören, nicht wahr?“

«Но вы, женщины, не хотели меня слушать, не так ли?»

Gregor erkannte schnell, wie sein Vater die Dinge sehen würde.

Грегор быстро понял, как его отец воспримет ситуацию.

Er hatte Gretes allzu kurze Nachricht falsch interpretiert.

Он неправильно истолковал слишком краткое сообщение Греты.

Er nahm an, Gregor habe eine Gewalttat begangen.

Он предположил, что Грегор совершил какой-то акт насилия.

Gregor musste einen Weg finden, seinen Vater irgendwie zu besänftigen.

Грегору нужно было как-то угодить отцу.

Weil er keine Zeit hatte, ihm die Dinge zu erklären.

Потому что у него не было времени ему все объяснять.

Aber er hätte die Dinge ohnehin nicht erklären können.

Но он все равно не смог бы ничего объяснить.

Da flüchtete er zur Tür und drückte sich dagegen.

Поэтому он подбежал к двери и прижался к ней.

So konnte sein Vater ihn vom Vorzimmer aus sehen.

Таким образом, его отец мог видеть его из прихожей.

Und er würde erkennen, dass er die besten Absichten hatte.

И он смог бы убедиться, что у него были самые лучшие намерения.

Es war nicht nötig, ihn mit einem Besen zurückzudrängen.

Не было никакой необходимости отгонять его метлой.

Der Vater hätte lediglich die Tür öffnen müssen.

Отцу достаточно было всего лишь открыть дверь.

Doch er hatte keine Lust, solche Feinheiten zu bemerken.

Но он был не в настроении обращать внимание на подобные тонкости.

"Da bist du ja!", rief er, sobald er eingetreten war.

«Вот вы где!» — воскликнул он, как только вошел.

Es war, als wäre er gleichzeitig wütend und glücklich.

Казалось, он одновременно злился и радовался.

Er zog den Kopf zurück und blickte zu seinem Vater auf.

Он откинул голову назад и посмотрел на отца.

Er hatte sich seinen Vater nicht so vorgestellt.

Он и представить себе не мог, что его отец будет стоять здесь вот так.

Doch in letzter Zeit hatte er eine neue Ablenkung gefunden.

Но в последнее время он нашел себе новое развлечение.

Das Herumkriechen nahm nun einen großen Teil seines Tages ein.

Ползание теперь занимало большую часть его дня.

Zuvor hatte er alle Neuigkeiten in der Wohnung im Blick behalten.

Раньше он следил за всеми новостями в квартире.

Aber in letzter Zeit hatte er nicht mehr so genau darauf geachtet.

Но в последнее время он не уделял этому столько внимания.

Er hätte auf Veränderungen vorbereitet sein müssen.

Ему следовало быть готовым к переменам.

Aber war dieser Mann vor ihm noch der Vater?

Тем не менее, был ли этот человек перед ним всё ещё отцом?

War er noch derselbe Mann, der früher müde in seinem Bett lag?

Был ли это тот же самый человек, который раньше устало валялся в своей постели?

Als Gregor bereits auf Geschäftsreise war.

Когда Грегор уже уехал в командировку.

War er derselbe Mann, der ihn abends begrüßte?

Был ли это тот же самый человек, который приветствовал
его по вечерам?

Als er in seinem Morgenmantel in seinem Sessel saß.

Когда он сидел в кресле в халате.

**War er derselbe Mann, der nicht aufstehen konnte, um ihn
zu begrüßen?**

Был ли это тот самый человек, который не смог встать,
чтобы поприветствовать его?

So blieb er sitzen und hob freudig den Arm.

Поэтому, оставаясь на месте, он поднял руку в знак
радости.

**War er derselbe Mann, mit dem er gelegentlich spazieren
ging?**

Был ли он тем же человеком, с которым иногда ходил на
прогулки?

**In seltenen Fällen: an einigen Sonntagen im Jahr oder an
Feiertagen.**

В редких случаях: несколько воскресений в году или в
праздничные дни.

**War er derselbe Mann, der in seinen Mantel gehüllt
herüberkam?**

Был ли это тот же самый человек, который шел,
закутанный в пальто?

**Musste er sich langsam zwischen Mutter und ihm
vorwärtsarbeiten?**

Он медленно продвигался вперед, между собой и
матерью?

Und sie gingen seinetwegen bereits langsam.

И они уже тогда шли медленно из-за него.

Doch nun stand dieser Mann stark und aufrecht.

Но теперь этот человек стоял крепко и прямо.

Er trug eine blaue Uniform mit goldenen Knöpfen.

Он был одет в синюю форму с золотыми пуговицами.

Knöpfe, die die Angestellten der Bankinstitute tragen.

Пуговицы, которые носят сотрудники банковских
учреждений.

Über dem steifen Kragen trat sein markantes Doppelkinn hervor.

Поверх жесткого воротника торчал его внушительный двойной подбородок.

Unter seinen buschigen Augenbrauen blickten seine schwarzen Augen hervor.

Из-под густых бровей смотрели его черные глаза.

Seine Augen wirkten nun durchdringend, frisch und aufmerksam.

Теперь его взгляд был пронзительным, свежим и внимательным.

Das zuvor zerzauste weiße Haar wurde glatt gekämmt.

Ранее растрепанные седые волосы были зачесаны вниз.

Und sein Haar hatte nun einen sorgfältigen Mittelscheitel.

Теперь его волосы были аккуратно разделены центральным пробором.

Er warf seinen Hut weg, der mit einem goldenen Monogramm verziert war.

Он бросил свою шляпу, на которой была золотая монограмма.

Es handelte sich wahrscheinlich um das Monogramm der Bank, für die er arbeitete.

Вероятно, это была монограмма банка, в котором он работал.

Und der Hut landete auf dem Sofa, um später weggeräumt zu werden.

А шляпа упала на диван, чтобы потом убрать её.

Er schob den Saum der langen Uniformjacke zurück.

Он откинул край длинной форменной куртки.

Und er steckte seine Daumen in die Hosentaschen.

И он засунул большие пальцы в карманы брюк.

Und dann ging er mit finsterer Miene auf Gregor zu.

А затем, с мрачным лицом, он направился к Грегору.

Er wusste wahrscheinlich selbst noch nicht, was er vorhatte.

Вероятно, он даже не знал, что собирается делать.

Dennoch hob er die Füße ungewöhnlich hoch.

Но, несмотря на это, он поднял ноги необычно высоко.

Gregor staunte über die enorme Größe seiner Stiefel.

Грегор был поражен огромными размерами его сапог.

Doch dafür blieb wirklich keine Zeit, seine Schuhe zu bewundern.

Но времени, чтобы любоваться его ботинками, на самом деле не было.

Der Vater hatte sich für eine sehr strenge Disziplin entschieden.

Отец принял решение о применении очень строгой дисциплины.

Für Gregor war nur die größtmögliche Strenge angemessen.

Для Грегора была уместна лишь самая суровая мера.

Das wusste er vom ersten Tag seiner Verwandlung an.

Он знал это с первого дня своего преображения.

Er rannte zu seinem Vater und blieb stehen, als dieser stehen blieb.

Он подбежал к отцу и остановился там, где остановился тот.

Als er sich wieder bewegte, huschte er erneut auf ihn zu.

Когда тот снова двинулся с места, он поспешно подбежал к нему.

Der Vater hielt einen Moment inne, und Gregor tat es ihm gleich.

Отец на мгновение замолчал, и Грегор сделал то же самое.

Und sobald sich sein Vater bewegte, stürmte er wieder vorwärts.

И он снова бросился вперед, как только отец двинулся с места.

Auf diese Weise gingen sie mehrmals im Kreis um den Raum.

Таким образом они несколько раз обошли комнату по кругу.

Bislang hatte noch niemand einen entscheidenden Vorteil errungen.

Пока никому не удалось добиться решающего преимущества.

Man konnte nicht den Eindruck einer Verfolgungsjagd gewinnen.

Вряд ли можно было составить впечатление погони.

Weil das ganze Geschehen viel zu langsam vonstatten ging.

Потому что всё происходящее развивалось слишком медленно.

Gregor hatte beschlossen, am Boden zu bleiben.

Грегор решил остаться на земле.

Er hätte die Wände hoch und an der Decke entlanglaufen können.

Он мог бы пробежаться по стенам и потолку.

Er wollte den Vater aber nicht unnötig provozieren.

Но он не хотел без необходимости провоцировать отца.

Eine solche Flucht hätte besonders verwerflich erscheinen können.

Подобный побег мог показаться особенно подлым поступком.

Gregor räumte ein, dass diese Jagd nicht mehr lange dauern könne.

Грегор признал, что эта погоня не может продолжаться долго.

Jeder Schritt erforderte eine Vielzahl von Bewegungen.

Каждый шаг сопровождался множеством движений.

Er begann bereits Atemnot zu verspüren.

Он уже начал чувствовать одышку.

Schon vorher hatte er nie absolut zuverlässige Lungen gehabt.

Даже раньше у него никогда не было полностью здоровых легких.

Er taumelte dahin und sparte seine Kräfte für den Lauf.

Он еле-еле продвигался вперед, беря силы для бега.

Er war so müde, dass er die Augen kaum noch offen halten konnte.

Он так устал, что едва мог держать глаза открытыми.

Seine Gedanken verlangsamten sich zu sehr, um an andere Fluchtmöglichkeiten zu denken.

Его мысли стали слишком медленными, чтобы придумывать другие способы побега.

Er hatte fast vergessen, dass ihm die Wände zur Verfügung standen.

Он почти забыл, что стены были ему доступны.

Die Wände waren aber ohnehin hinter Möbeln verborgen.

Но стены всё равно были скрыты за мебелью.

Und die Möbel wiesen zu viele Kerben und Vorsprünge auf.

А в мебели было слишком много выемок и выступов.

Und dann, direkt neben ihm, rollte ein Apfel.

А потом, прямо рядом с ним, катясь, появилось яблоко.

Ihm wurde klar, dass der Apfel nach ihm geworfen worden sein musste.

Он понял, что яблоко, должно быть, бросили в него.

Doch er hatte keine Zeit zum Nachdenken, da kam schon der nächste Apfel.

Но у него не было времени подумать, прежде чем появилось еще одно яблоко.

Gregor erstarrte vor Schreck über die neue Strategie seines Vaters.

Грегор замер в шоке от новой стратегии отца.

Er konnte durch einen Fluchtversuch nichts mehr gewinnen.

Он больше не мог извлечь никакой выгоды из попыток убежать.

Der Vater hatte beschlossen, ihn mit Früchten zu überhäufen.

Отец решил забросать его фруктами.

Er hatte sich die Taschen mit Obst aus der Küchenschale gefüllt.

Он набил карманы фруктами из кухонной вазы.

Ohne besonders darauf zu zielen, warf er Apfel um Apfel.

Он, не особо целясь, бросал яблоко за яблоком.

Diese kleinen roten Äpfel rollten auf dem Boden herum.

Эти маленькие красные яблоки катались по земле.

Wie von einem Stromschlag getroffen, stießen die Äpfel aneinander.

Словно под воздействием электрического тока, яблоки столкнулись друг с другом.

Einer der schwach geworfenen Äpfel streifte Gregors Rücken.

Одно из слабо брошенных яблок задели Грегора за спину.

Zum Glück für ihn rutschte der Apfel harmlos herunter.

К счастью для него, яблоко соскользнуло безвредно.

Der anschließend geworfene Apfel traf jedoch genauer.

Однако брошенное позже яблоко оказалось более точным.

Und dieser Apfel blieb tief in Gregors Rücken stecken.

И это яблоко глубоко вонзилось в спину Грегора.

Gregor wollte sich vor dem Schmerz davonreißen.

Грегору хотелось оторваться от боли.

Vielleicht ließe sich diesem neuen, unvorstellbaren Schmerz entkommen.

Возможно, от этой новой, невероятной боли можно будет избавиться.

Vielleicht würde ein Ortswechsel seine Qualen lindern.

Возможно, смена места жительства облегчила бы его страдания.

Aber er fühlte sich, als wäre er am Boden festgenagelt.

Но ему казалось, что его пригвоздили к полу.

Er streckte sich aus, aber nur aufgrund seiner Verwirrung.

Он потянулся, но лишь из-за замешательства.

Erst mit seinem letzten Blick sah er, wie sich die Tür öffnete.

Лишь последним взглядом он увидел, как открывается дверь.

Die Mutter stürzte vor die schreiende Schwester hinaus.

Мать выбежала навстречу кричащей сестре.

Die Schwester hatte sie ausgezogen, sodass sie nur noch ihr Hemd trug.

Сестра раздела ее, так что она осталась в одной рубашке.

Sie hatte in ihrer Bewusstlosigkeit Freiraum gebraucht.

Ей нужно было время, чтобы перевести дух в бессознательном состоянии.

Er sah noch, wie die Mutter auf den Vater zulief.

Он все еще видел, как мать бежала к отцу.

Ihre Röcke rutschten einer nach dem anderen zu Boden.

Её юбки одна за другой сползали на землю.

Er sah, wie sie auf den Vater zuging und über ihren Rock stolperte.

Он увидел, как она подошла к отцу и споткнулась о свою юбку.

Sie umarmte ihn und bat darum, Gregors Leben zu verschonen.

Обняв его, она попросила пощадить жизнь Грегора.

In völliger Einheit mit seinem Körper versagte auch sein Augenlicht.

В полной гармонии с телом у него ухудшилось зрение.

Часть третья

Gregor litt über einen Monat lang unter der schweren Verletzung.

Грегор страдал от тяжелой травмы более месяца.

Der Apfel steckte fest; niemand wagte es, ihn zu entfernen.

Яблоко так и не застряло; никто не осмелился его вытащить.

Der Apfel blieb als sichtbare Erinnerung in seinem Fleisch zurück.

Яблоко осталось в его теле как видимое напоминание.

Der Apfel diente dem Vater aber auch als Erinnerung.

Но яблоко также служило напоминанием отцу.

Ihm wurde klar, dass Gregor nicht wie ein Feind behandelt werden sollte.

Он понял, что к Грегору не следует относиться как к врагу.

Im Moment mag sein Erscheinungsbild traurig und abstoßend wirken.

В настоящий момент его внешний вид может быть печальным и отвратительным.

Aber dennoch war er ein Mitglied ihrer Familie.

Но, тем не менее, он по-прежнему оставался членом их семьи.

Der Widerwille musste überwunden und toleriert werden.

Это нежелание пришлось смирить и терпеть.

Aufgrund seiner Verletzung könnte seine Beweglichkeit für immer verloren sein.

Из-за полученного ранения он, возможно, навсегда утратил способность двигаться.

Er kroch immer noch in seinem Zimmer herum, aber viel langsamer.

Он по-прежнему ползал по своей комнате, но гораздо медленнее.

Kriechen in irgendeiner Höhe war völlig ausgeschlossen.

Ползание на любой высоте было исключено.

Gregor erhielt jedoch eine Form der Entschädigung.

Но Грегор всё же получил некоторую компенсацию.

Am Abend wurde ihm die Wohnzimmertür geöffnet.

Вечером ему открыли дверь в гостиную.

Und er war der Ansicht, dass diese Wiedergutmachungszahlungen vollkommen angemessen seien.

И он считал, что эти компенсации вполне адекватны.

Noch vor Einbruch der Dunkelheit begann er, die Tür zu beobachten.

Ещё до наступления вечера он начал наблюдать за дверью.

Er lag in der Dunkelheit, vom Wohnzimmer aus unsichtbar.

Он лежал в темноте, невидимый из гостиной.

Er konnte die ganze Familie an dem beleuchteten Tisch sehen.

Он мог видеть всю семью за освещенным столом.

Nun durfte er ihren Gesprächen zuhören.

Теперь ему разрешили подслушать их разговоры.

Dies unterschied sich deutlich von ihrer vorherigen Vereinbarung.

Это сильно отличалось от их прежних договоренностей.

Die lebhaften Gespräche vergangener Zeiten waren verstummt.

Оживлённые беседы прежних времён подошли к концу.

Das waren die Gespräche, nach denen er sich immer gesehnt hatte.

Именно таких разговоров он так жаждал.

Als er allein in kleinen Hotelzimmern schlief.

Когда он спал один в маленьких гостиничных номерах.

Als er sich in die feuchte Bettwäsche werfen musste.

Когда ему пришлось броситься в мокрое постельное белье.

Die Abende verliefen nun meist ruhig und ereignislos.

Но теперь вечера в основном были тихими и ничем не примечательными.

Der Vater schlief nach dem Abendessen in seinem Sessel ein.

После ужина отец заснул в кресле.

Und Mutter und Schwester ermahnten einander zur Stille.

Мать и сестра уговаривали друг друга вести себя потише.

Die Mutter beugte sich weit über die Lampe und nähte Leinen.

Мать, склонившись над фонарем, шила льняные изделия.

Sie entwirft jetzt Kleider für eines der Modegeschäfte.

Она шила платья для одного из нынешних магазинов модной одежды.

Wie Gregor hatte auch die Schwester eine Stelle als Verkäuferin angenommen.

Как и Грегор, сестра устроилась продавщицей.

Sie lernte abends Stenografie und Französisch.

По вечерам она изучала стенографию и французский язык.

Damit sie später vielleicht eine bessere Arbeitsstelle bekommen könnte.

Чтобы в будущем она могла получить более высокооплачиваемую работу.

Manchmal wachte der Vater von seinem abendlichen Nickerchen auf.

Иногда отец просыпался после вечернего сна.

"Liebling, du nähst heute schon so lange!"

«Дорогая, ты сегодня уже так долго шишь!»

Er schien vergessen zu haben, dass er geschlafen hatte.

Казалось, он забыл, что спал.

Doch er fiel sofort wieder in seinen Schlaf zurück.

Но он тут же снова заснул.

Und Mutter und Schwester lächelten einander müde an.

Мать и сестра устало улыбнулись друг другу.

Der Vater hatte eine seltsame neue Sturheit entwickelt.

У отца появилось странное новое упрямство.

Selbst zu Hause weigerte er sich, seine Dieneruniform auszuziehen.

Даже дома он отказывался снимать свою форму слуги.

Und sein Morgenmantel hing nutzlos am Kleiderbügel.

А его халат бесполезно висел на вешалке.

So schlief der Vater, vollständig bekleidet, in seinem Sessel.

Так отец, одетый, спал в своем кресле.

Es war, als ob er immer bereit wäre, seinen Dienst zu leisten.

Казалось, он всегда был готов служить.

Als ob er nur auf die Stimme seines Vorgesetzten gewartet hätte.

Словно он только и ждал, что прозвучит голос его начальника.

Dies führte dazu, dass seine Uniform an Sauberkeit verlor.

В результате его форма утратила свою чистоту.

Obwohl die Uniform auch nicht neu war, als er sie bekam.

Хотя форма и не была новой, когда он её получил.

Und die Mutter tat ihr Bestes, um die Uniform zu pflegen.

И мать изо всех сил старалась бережно относиться к форме.

Gregor verbrachte ganze Abende damit, diese Uniform anzusehen.

Грегор проводил целые вечера, разглядывая эту форму.

Er beobachtete, wie der alte Mann äußerst unbequem schlief.

Он наблюдал, как старик спал в крайне неудобном положении.

Doch im Schlaf bemerkte er auch etwas Friedliches.

Но во сне он также заметил нечто умиротворяющее.

Als die Uhr zehn schlug, versuchte die Mutter, ihn zu wecken.

Когда часы пробили десять, мать попыталась его разбудить.

Sie sprach leise und überredete ihn, ins Bett zu gehen.

Она говорила тихо и уговорила его лечь спать.

Denn auf dem Sessel zu schlafen war kein richtiger Schlaf.

Потому что спать в кресле — это не настоящий сон.

Er musste um sechs Uhr mit der Arbeit beginnen.

Ему предстояло начать работу в шесть часов.

Deshalb musste er unbedingt so gut wie möglich schlafen.

Поэтому ему действительно нужно было выспаться как можно лучше.

Doch er war von einer neuen Form der Sturheit ergriffen.

Но его охватило новое проявление упрямства.

Die Tatsache, dass er Diener geworden war, hatte begonnen, diese Wirkung auf ihn zu haben.

Став слугой, он начал испытывать на себе такое влияние.

Deshalb bestand er immer darauf, länger am Tisch zu bleiben.

Поэтому он всегда настаивал на том, чтобы подольше задержаться за столом.

Obwohl er regelmäßig wieder in seinem Sessel einschlief.

Хотя он снова регулярно засыпал в кресле.

Und er ließ sich nur mit größter Mühe bewegen.

И переместить его было крайне сложно.

Man musste ihm erklären, dass das Bett besser für ihn wäre.

Ему пришлось объяснить, что в этой кровати ему будет удобнее.

Mutter und Schwester mussten nachdrücklich darauf bestehen, oft mit nur wenigen Vorwarnungen.

Матери и сестре пришлось настаивать, почти не предупреждая.

Fünfzehn Minuten lang schüttelte er nur langsam den Kopf.

В течение пятнадцати минут он лишь медленно качал головой.

Und er hielt die Augen geschlossen und weigerte sich aufzustehen.

И он держал глаза закрытыми и отказывался вставать.

Die Mutter zupfte sanft, aber bestimmt an seinem Ärmel.

Мать легонько, но уверенно потянула его за рукав.

Und sie flüsterte ihm schmeichelhafte Worte in seine müden Ohren.

И она шепнула ему на усталые уши лестные слова.

Die Schwester unterbrach ihre Arbeit, um ihrer Mutter zu helfen.

Сестра прервала свою работу, чтобы помочь матери.

Doch keiner ihrer Versuche zeigte Wirkung beim Vater.

Но ни одна из их попыток не возымела действия на отца.

Er sank noch tiefer in seinen Stuhl, bereit zum Schlafen.

Он еще глубже откинулся в кресле, готовясь заснуть.

Und schließlich packten ihn die Frauen unter den Achseln.

И наконец, женщины схватили его за подмышки.

Er öffnete die Augen und blickte sie abwechselnd an.

Он открыл глаза и поочередно смотрел на них.

„Was für ein Leben!", klagte er beim Zubettgehen.

«Вот это жизнь!» — пожаловался он, ложась спать.

"Ist das der Frieden, der mir im Alter zuteilwurde?"

«Неужели это тот покой, который мне дарован в старости?»

Doch dann stützte er sich auf die beiden Frauen und stand unbeholfen auf.

Но затем, опираясь на двух женщин, он неуклюже поднялся.

Er tat so, als trüge er die schwerste Last.

Он вел себя так, словно на нем лежала самая тяжелая ноша.

Er ließ sich von den beiden Frauen bis ans andere Ende des Raumes führen.

Он позволил двум женщинам отвести его в конец комнаты.

Dort wünschte er ihnen eine gute Nacht und ging dann allein weiter.

Там он пожелал им спокойной ночи и продолжил свой путь.

Doch die Mutter warf hastig ihr Nähzeug hin.

Но мать поспешно бросила свой швейный набор.

Und auch die Schwester legte den Stift und den Notizblock beiseite.

А сестра тоже отложила ручку и блокнот.

Und sie liefen hinter dem Vater her, um ihm weiter zu helfen.

И они побежали за отцом, чтобы помочь ему дальше.

Wer in dieser überarbeiteten Familie hatte schon Zeit für Gregor?

У кого в этой перегруженной работой семье нашлось время на Грегора?

Wer hätte ihm mehr Aufmerksamkeit schenken können als nötig?

Кто мог уделить ему больше внимания, чем было
необходимо?
Das Haushaltsbudget wurde zunehmend eingeschränkt.
Семейный бюджет становился все более ограниченным.
**Um Geld zu sparen, mussten sie schließlich das
Dienstmädchen entlassen.**
В конце концов, чтобы сэкономить деньги, им пришлось
уволить горничную.
Sie wurde durch eine stämmige, weißhaarige Frau ersetzt.
Её заменила коренастая седовласая женщина.
Diese Frau kam jedoch nur morgens und abends.
Но эта женщина приходила только по утрам и вечерам.
**Und die schwerste und härteste Arbeit wurde ihr
aufgehoben.**
И вся самая тяжёлая и тяжёлая работа была
предназначена для неё.
Alle anderen Hausarbeiten wurden von der Mutter erledigt.
Все остальные домашние дела выполняла мать.
**Es kam sogar vor, dass verschiedene
Familienschmuckstücke verkauft wurden.**
Случалось даже, что продавались различные фамильные
драгоценности.
**Schmuck, den die Frauen bei Feierlichkeiten mit Freude
getragen hatten.**
Украшения, которые женщины с удовольствием носили во
время торжеств.
Gregor erfuhr dies in einer der allgemeinen Diskussionen.
Грегор узнал об этом из одной из общих дискуссий.
Die größte Beschwerde betraf jedoch etwas anderes.
Однако самая большая претензия касалась другого.
**Die Wohnung war zu groß, aber sie konnten nicht
ausziehen.**
Квартира была слишком большой, но они не могли
съехать.
Es gab keine Möglichkeit, Gregor umzusiedeln.
У них не было никакой возможности переселить Грегора.

Gregor erkannte jedoch, dass es nicht nur um Rücksichtnahme ging.

Но Грегор понял, что дело было не только в заботе.

Etwas anderes hielt sie davon ab, woanders hinzuziehen.

Их остановило другое обстоятельство.

Er hätte problemlos in einer geeigneten Kiste transportiert werden können.

Его можно было легко перевезти в подходящем ящике.

Ihre Gefühle völliger Hoffnungslosigkeit hielten sie zurück.

Их чувство полной безнадежности сдерживало их.

Sie wollten sich nicht eingestehen, dass sie vom Unglück getroffen worden waren.

Они не хотели признавать, что их постигло несчастье.

Was die Welt von armen Menschen verlangt, das haben sie erfüllt.

Они выполнили все требования мира к бедным людям.

Der Vater holte dem kleinen Bankangestellten das Frühstück.

Отец принес завтрак маленькому банковскому служащему.

Die Mutter opferte sich für die Wäsche von Fremden auf.

Мать пожертвовала собой ради стирки белья незнакомых людей.

Die Schwester rannte hin und her, um die Bestellungen der Kunden aufzunehmen.

Сестра бегала туда-сюда, принимая заказы от покупателей.

Aber sie hatten einfach nicht mehr die Kraft, irgendetwas weiter zu tun.

Но у них просто не хватило сил сделать больше.

Die Wunde in Gregors Rücken schmerzte nun noch mehr.

Рана на спине Грегора начала болеть еще сильнее.

Jeden Abend brachten Mutter und Schwester den Vater ins Bett.

Каждую ночь мать и сестра приводили отца в постель.

Sie ließen ihre Arbeit liegen und setzten sich zusammen.

Они оставили свою работу на месте и сели вместе.

Und sie rückten näher zusammen und saßen Wange an Wange.

И они подошли ближе друг к другу и сели щека к щеке.

Die Mutter zeigte auf das Zimmer, von dem aus er zusah.

Мать указала на комнату, из которой он наблюдал.

"Würdest du die Tür schließen?", fragte sie die Schwester.

«Не могли бы вы закрыть дверь?» — спросила она сестру.

Und dann war Gregor wieder allein in der Dunkelheit.

И тогда Грегор снова остался один в темноте.

Und im Nebenzimmer vermischten die Frauen ihre Tränen.

А в соседней комнате женщина смешала их слезы.

Oder sie saßen mit trockenen Augen da und starrten einfach nur auf den Tisch.

Или же они сидели, не глядя, и просто смотрели на стол.

Gregor schlief kaum, weder nachts noch tagsüber.

Грегор почти совсем не спал, ни днем, ни ночью.

Er dachte oft darüber nach, wie er der Familie helfen könnte.

Он часто думал о том, как мог бы помочь семье.

Er dachte darüber nach, das Geld wieder für sie zu verdienen.

Он задумался о том, чтобы снова заработать для них деньги.

Er dachte darüber nach, das zu tun, was er früher für sie getan hatte.

Он задумался о том, чтобы сделать для них то, что делал раньше.

In seinen Gedanken erschien der Bevollmächtigte wieder.

В его мыслях вновь появился уполномоченный представитель.

Und dieses Mal kam auch der Chef in die Wohnung.

И на этот раз в квартиру пришел и начальник.

Und die Angestellten und die Lehrlinge waren auch da.

Там были и клерки, и ученики.

Sogar der etwas begriffsstutzige Büroangestellte kam, um ihn zu sehen.

Даже недалекий офисный служащий пришел его навестить.

Es waren zwei oder drei Freunde aus anderen Branchen dabei.

Там было два или три друга из других компаний.

Eine der Zimmermädchen aus einem Hotel in der Provinz.

Одна из горничных из отеля в провинции.

Eine kostbare und flüchtige Erinnerung, an der er festzuhalten versuchte.

Это было дорогое и мимолетное воспоминание, которое он пытался сохранить.

Eine Kassiererin aus einem Hutgeschäft, für die er Absichten hatte.

Кассир из шляпного магазина, к которой он испытывал нежные чувства.

Doch er war etwas zu langsam gewesen, um ihre Zustimmung zu gewinnen.

Но он немного запоздал, чтобы завоевать её расположение.

Sie alle tauchten in seinen Gedanken auf, vermischt mit Fremden.

Все они возникали в его мыслях, смешанные с незнакомцами.

Und andere erschienen nicht; sie waren bereits vergessen.

А другие так и не появились; о них уже забыли.

Aber sie halfen weder ihm noch seiner Familie.

Но они не помогли ни ему, ни его семье.

Sie waren unzugänglich, und er war froh, als sie weg waren.

Они были недоступны, и он был рад, когда они ушли.

Er war nicht immer in der Stimmung, sich Sorgen um die Familie zu machen.

Он не всегда был настроен беспокоиться о семье.

Und er war voller Wut über die mangelnde Aufmerksamkeit.

И его переполняла ярость из-за недостатка внимания.

Und er konnte sich nichts vorstellen, worauf er Appetit hätte.

И он не мог представить себе ничего, к чему бы у него был аппетит.

Doch er schmiedete trotzdem Pläne, in die Speisekammer einzubrechen.

Но он всё ещё планировал проникнуть в кладовку.

Und er würde sich alles nehmen, was ihm zustand.

И он собирался получить всё, что ему причиталось.

Die Schwester bemühte sich nicht mehr besonders um ihn.

Сестра больше не прилагала к нему никаких особых усилий.

Sie verschwendete keine Zeit mehr damit, darüber nachzudenken, wie sie ihm gefallen könnte.

Она больше не тратила время на мысли о том, как ему угодить.

Vor der Arbeit schob sie schnell etwas zu essen ins Zimmer.

Перед работой она быстро принесла в комнату немного еды.

Und am Abend kehrte sie die Essensreste schnell wieder zusammen.

А вечером она быстро снова подмела остатки еды.

Ob er gegessen hatte oder nicht, bemerkte sie nicht mehr.

Ел он или нет, она уже не замечала.

In den meisten Fällen blieb das Essen nun unberührt.

В последнее время еду чаще всего оставляли нетронутой.

Abends huschte sie immer noch schnell durch den Raum.

Вечером она по-прежнему быстро перемещалась по комнате.

Doch nun tat sie nur das Nötigste, und zwar so schnell wie möglich.

Но теперь она делала самый минимум необходимого, как можно быстрее.

An den Mauern zogen sich Spuren von Schmutz entlang.

По стенам остались полосы грязи.

Auf dem Boden lagen Staub- und Müllklumpen.

На полу валялись комки пыли и мусора.

Gregor missbilligte ihre Nachlässigkeit.

Грегор выразил свое неодобрение ее безразличию.

Er drehte sich in einem besonders markanten Winkel.

Он повернулся под особенно значительным углом.

Aber er hätte wochenlang in dieser Position bleiben können.

Но он мог бы оставаться на этом посту еще несколько недель.

Seine Schwester hätte seine Unzufriedenheit nicht bemerkt.

Его сестра не заметила бы его недовольства.

Sie sah den Dreck genauso gut wie er, wenn nicht sogar besser.

Она видела грязь так же хорошо, если не лучше, чем он.

Aber sie hatte beschlossen, den Dreck dort zu lassen, wo er war.

Но она решила оставить грязь там, где она была.

Damals entwickelte sie eine völlig neue Sensibilität.

В тот момент она приобрела совершенно новый уровень восприятия.

Sie hatte es sich zur Aufgabe gemacht, Gregors Zimmer zu reinigen.

Она поручила уборку комнаты Грегора.

Die Familie war von ihrer freundlichen Rücksichtnahme sehr berührt.

Семью тронула её доброта и внимательность.

Einst hatte die Mutter sein Zimmer gründlich gereinigt.

Однажды мать тщательно убрала его комнату.

Erst nachdem sie mehrere Eimer Wasser verbraucht hatte, gelang es ihr.

Ей удалось добиться успеха лишь после того, как она использовала несколько ведер воды.

Die neu aufgetretene Feuchtigkeit im Zimmer schadete Gregor jedoch.

Однако появившаяся в комнате сырость навредила Грегору.

Und er lag breitbeinig, verbittert und regungslos auf dem Sofa.

И он лежал на диване, весь в унынии, озлобленный и неподвижный.

Doch das war nur ihre erste Strafe für ihre Hilfeleistung.

Но это было лишь первое наказание за оказанную помощь.

Die Schwester bemerkte schnell die Veränderung in Gregors Zimmer.

Сестра быстро заметила перемены в комнате Грегора.

Und sie rannte, zutiefst beleidigt, ins Wohnzimmer.

И она вбежала в гостиную, крайне оскорбленная.

Ihre Mutter hob die Hände und versuchte, sie zu beschwören.

Мать подняла руки и попыталась умолять ее.

Doch trotz einer aufrichtigen Erklärung brach sie in Tränen aus.

Но, несмотря на искреннее объяснение, она расплакалась.

Der Vater erschrak natürlich und fuhr aus seinem Stuhl hoch.

Отец, разумеется, вздрогнул и вскочил со стула.

Und die beiden Eltern schauten fassungslos und hilflos zu.

А родители смотрели на это с изумлением и беспомощностью.

Und schließlich gerieten auch ihre Gefühle in Aufruhr.

И в конце концов, их эмоции тоже пришли в возбуждение.

Der Vater warf der Mutter vor, was sie getan hatte.

Отец упрекнул мать за содеянное.

"Du hättest das Zimmer Grete zum Putzen überlassen sollen."

«Вам следовало оставить уборку в комнате Грете».

Grete schrie die Mutter an, weil sie sein Zimmer aufgeräumt hatte.

Грета накричала на мать за то, что та убрала его комнату.

„Du darfst sein Zimmer nie wieder putzen!“

«Тебе больше никогда не разрешат убирать его комнату!»

Die Mutter versuchte, den Vater ins Schlafzimmer zu zerren.

Мать попыталась затащить отца в спальню.

Die Schwester blieb zitternd und schluchzend im Zimmer zurück.

Сестра осталась в комнате, дрожа и рыдая.

Und sie hämmerte mit ihren kleinen Fäustchen auf den Tisch.

И она стучала по столу своими маленькими кулачками.

Und Gregor zischte sie alle lautstark vor Wut an.

И Грегор в гневе громко зашипел на всех них.

Warum war niemand auf die Idee gekommen, ihm die Tür zu schließen?

Почему никому не пришло в голову закрыть для него дверь?

Sie hätten ihm diesen Anblick und Lärm ersparen können.

Они могли бы избавить его от этого зрелища и шума.

Die Schwester war erschöpft, als sie von der Arbeit nach Hause kam.

Сестра очень устала, вернувшись с работы.

Und die Betreuung von Gregor bedeutete für sie noch mehr Arbeit.

А уход за Грегором стал для неё ещё большей работой.

Das bedeutete aber nicht, dass die Mutter es hätte tun sollen.

Но это не означало, что мать должна была это сделать.

Gregor hingegen sollte nicht vernachlässigt werden.

Грегора же, напротив, не следует игнорировать.

Aber jetzt hatten sie ein neues Dienstmädchen, das solche Dinge tun konnte.

Но теперь у них появилась новая горничная, которая могла делать такие вещи.

Eine ältere Witwe mit kräftigem Knochenbau.

Пожилая вдова с крепким телосложением.

Eine Statur, die ihr half, ihr schwieriges Leben zu überstehen.

Рост, который помог ей пережить трудную жизнь.

Sie hatte keine wirkliche Abneigung gegen Gregors Erscheinung.

Она не испытывала настоящей неприязни к внешности Грегора.

Sie hatte versehentlich die Tür zu Gregors Zimmer geöffnet.

Она случайно открыла дверь в комнату Грегора.

Es geschah nicht aus besonderer Neugierde bezüglich des Zimmers.

Это было не из-за какого-либо особого любопытства к этой комнате.

Sie tat lediglich ihre Arbeit und öffnete dabei zufällig die Tür.

Она просто выполняла свою работу и случайно открыла дверь.

Gregor war natürlich völlig überrascht von ihr.

Грегор, разумеется, был совершенно удивлен ее поведением.

Er wurde nicht verfolgt, aber er rannte hin und her.

Его никто не преследовал, но он бегал туда-сюда.

Und sie verschränkte einfach die Arme und sah ihm beim Krabbeln zu.

А она просто скрестила руки и смотрела, как он ползет.

Seitdem hat sie ihm immer einen Spaltbreit die Tür geöffnet.

С тех пор она всегда немного приоткрывала для него дверь.

Eines Morgens schaute sie nach ihm, um zu sehen, wie es ihm ging.

Однажды утром она заглянула, чтобы узнать, как у него дела.

Und am Abend sah sie nach ihm, bevor sie ging.

А вечером, перед уходом, она навестила его.

Zuerst versuchte sie auch, ihn zu sich zu rufen.

Сначала она тоже пыталась позвать его к себе.

„Komm her, du alter Mistkäfer!", pflegte sie zu sagen.

"Иди сюда, старый навозник!" — обычно говорила она.

Oder sie sagte freundlich: „Schau dir den alten Mistkäfer an!"

Или она дружелюбно сказала: "Посмотрите на этого старого навозного жука!".

Gregor reagierte nie darauf, wenn man so mit ihm sprach.

Грегор никогда не реагировал на подобные обращения.

Er blieb stehen, ohne sich zu rühren, und ignorierte sie.

Он оставался на месте, не двигаясь, и игнорировал её.

„Wenn man ihr doch nur gesagt hätte, wie man ihre Arbeit richtig macht."

«Если бы только ей объяснили, как правильно выполнять свою работу».

„Anstatt mich zu belästigen, sollte sie lieber mein Zimmer aufräumen."

«Вместо того чтобы меня беспокоить, ей следовало бы убрать мою комнату».

Eines Morgens prasselte ein heftiger Regenguss gegen die Fenster.

Однажды рано утром сильный дождь барабанил по окнам.

Vielleicht war der Regen bereits ein Zeichen für den kommenden Frühling.

Возможно, дождь уже был предзнаменованием приближающейся весны.

Das Dienstmädchen begann wieder auf diese Weise mit ihm zu sprechen.

Служанка снова начала говорить с ним таким образом.

Gregor war so verbittert, dass er sich umdrehte und ihr ins Gesicht sah.

Грегор был настолько озлоблен, что повернулся к ней лицом.

Er war langsam und gebrechlich, aber es war eine Art Angriff.

Он был медлительным и немощным, но это было похоже на нападение.

Das Dienstmädchen hingegen hatte überhaupt keine Angst vor Gregor.

Однако служанка совсем не боялась Грегора.

Stattdessen hob sie einen Stuhl hoch, der in der Nähe der Tür stand.

Вместо этого она подняла стул, стоявший у двери.

Und sie stand da, ganz ruhig, mit weit geöffnetem Mund.

И она стояла там, спокойно, с широко открытым ртом.

Ihre Absichten waren klar, das konnte sogar Gregor erkennen.

Её намерения были очевидны, это понимал даже Грегор.

Und er drehte sich langsam um und kehrte zu seinem ursprünglichen Platz zurück.

И он медленно повернулся, вернувшись на своё прежнее место.

"Sie wollen also nicht näher kommen, oder?"

"Значит, вы не хотите подходить ближе, да?"

Und sie stellte den Stuhl leise wieder in die Ecke.

И она тихонько поставила стул обратно в угол.

Gregor aß kaum noch etwas.

Грегор почти ничего не ел.

Manchmal blieb er bei seinen Rundgängen im Zimmer stehen.

Иногда, прогуливаясь по комнате, он останавливался.

Und er befand sich neben dem für ihn zubereiteten Essen.

И он оказался рядом с приготовленной для него едой.

Er steckte sich das Essen in den Mund, aber nur, um damit zu spielen.

Он положил еду в рот, но только чтобы поиграть с ней.

Und nicht selten spuckte er es nach ein paar Stunden wieder aus.

И довольно часто он выплёвывал это снова через несколько часов.

Er versuchte, einen Grund für seinen Appetitverlust zu finden.

Он пытался найти причину отсутствия аппетита.

Vielleicht, weil er mit dem Zustand seines Zimmers unzufrieden war.

Возможно, потому что его огорчало состояние его комнаты.

Aber er hatte sich mit den Veränderungen im Raum abgefunden.

Но он смирился с изменениями, произошедшими в комнате.

In letzter Zeit hatte sich sein Zimmer in eine Art Abstellraum verwandelt.

Недавно его комната превратилась в своего рода кладовку.

Sie hatten sich angewöhnt, Dinge dort liegen zu lassen.

У них вошло в привычку оставлять вещи там.

Und nun lagen noch viele solcher Dinge in seinem Zimmer.

И теперь в его комнате оставалось много подобных вещей.

Weil ein Zimmer der Wohnung vermietet worden war.

Потому что одна комната в квартире была сдана в аренду.

Drei ernsthafte Herren mieteten das Zimmer gemeinsam.

В комнате одновременно проживали трое серьезных джентльменов.

Gregor hat sie einmal durch einen Türspalt erblickt.

Грегор однажды заметил их через щель в двери.

Sie trugen Vollbärte und waren penibel gekleidet.

У них были густые бороды, и они были безупречно одеты.

Sie achteten penibel darauf, dass alles ordentlich blieb.

Они очень тщательно следили за порядком.

Ihr Hang zur Ordnung beschränkte sich nicht nur auf ihr Zimmer.

Их настойчивое стремление к чистоте не ограничивалось их комнатой.

Die gesamte Wohnung musste tadellos sauber gehalten werden.

Всю квартиру нужно было содержать в идеальной чистоте.

Sie legten sogar noch mehr Wert auf das Aussehen der Küche.

Они были еще более придирчивы к внешнему виду кухни.

Und unnötigen Unrat konnten sie nicht dulden.

И они не могли терпеть никакого лишнего беспорядка.

Sie hatten auch ihre eigenen Möbel mitgebracht.

Они также привезли с собой свою мебель.

Aus diesem Grund waren viele Dinge überflüssig geworden.

По этой причине многое стало излишним.

Das waren Dinge, für die niemand Geld bezahlen würde.

Это были вещи, за которые никто не стал бы платить деньги.

Die Familie wollte diese Dinge aber auch nicht wegwerfen.

Но семья также не хотела выбрасывать эти вещи.

All diese Dinge landeten irgendwo in Gregors Zimmer.

Все эти вещи так или иначе оказались в комнате Грегора.

Der Aschenbecher aus der Küche stand nun in seinem Zimmer.

Пепельница из кухни теперь хранилась в его комнате.

Und der Müll wurde bis zum Abholtag in seinem Zimmer aufbewahrt.

А мусор хранился в его комнате до дня вывоза мусора.

Das Dienstmädchen warf alles, was sie nicht brauchte, in sein Zimmer.

Горничная бросала в его комнату все ненужное.

Zum Glück sah er nichts weiter als die Hand und den Gegenstand.

К счастью, он увидел лишь руку и предмет.

Sie hatte wahrscheinlich vor, die Sachen später abzuholen.

Вероятно, она собиралась вернуться за этими вещами позже.

Oder vielleicht wollte sie einfach alles auf einmal wegwerfen.

А может, она хотела всё выбросить разом?

Doch alles blieb dort, wo es ursprünglich gelandet war.

Однако всё осталось на том же месте, где и приземлилось изначально.

Es sei denn, Gregor bewegte den Schrott, indem er sich hindurchzwängte.

Разве что Грегор сдвинул бы этот хлам, протиснувшись сквозь него.

Zuerst musste er sich durch den ganzen Schrott hindurchkriechen.

Поначалу ему приходилось проползать сквозь весь этот хлам.

Es gab für ihn keine Möglichkeit, dies zu vermeiden.

У него не было никакой возможности избежать этого.

Später fand er jedoch tatsächlich Freude an dieser Tätigkeit.

Но позже он действительно стал получать удовольствие от этого занятия.

Diese Anstrengung hinterließ ihn jedoch traurig und zutiefst erschöpft.

Хотя такие усилия оставили его в печали и глубокой усталости.

Und danach war er viele Stunden lang bewegungsunfähig.

А после этого он много часов не мог двигаться.

Die Untermieter aßen manchmal im Wohnzimmer.

Иногда постояльцы обедали в гостиной.

Die Wohnzimmertür blieb an diesen Abenden geschlossen.

В те вечера дверь в гостиную оставалась закрытой.

Gregor hatte aber keine Schwierigkeiten, die Tür jetzt nicht zu öffnen.

Но Грегору теперь не составляло труда не открывать дверь.

Selbst wenn die Tür offen war, schaute er nicht immer hinaus.

Даже когда дверь была открыта, он не всегда выглядывал наружу.

Doch er legte sich in die dunkelste Ecke des Zimmers.

Но он укрылся в самом темном углу комнаты.

Auch der Familie fiel seine mangelnde Aufmerksamkeit nicht auf.

Семья тоже не заметила его невнимательности.

Doch einmal ließ das Dienstmädchen die Tür offen.

Но однажды горничная оставила дверь открытой.

Die Tür blieb auch dann offen, als die Mieter zurückkehrten.

Дверь оставалась открытой даже после возвращения постояльцев.

Und die Tür war offen, als das Licht eingeschaltet wurde.

Дверь была открыта, когда включили свет.

Der Mann saß an dem Tisch, an dem die Familie zu Abend aß.

Мужчина сидел за столом, за которым ужинала семья.

Vater, Mutter und Gregor saßen dort in früheren Zeiten.

В прежние времена там сидели отец, мать и Грегор.

Sie entfalteten die Servietten und nahmen Messer und Gabeln.

Они развернули салфетки и взяли ножи и вилки.

Die Mutter erschien mit einer Schüssel Fleisch in der Tür.

Мать появилась в дверях с миской мяса.

Dann kam die Schwester mit einer Schüssel voller Kartoffeln herein.

Затем вошла сестра с миской, полной картошки.

Die Untermieter beugten sich über die vor ihnen aufgestellten Schüsseln.

Постояльцы склонились над мисками, поставленными перед ними.

Der dichte Rauch des Essens stieg ihnen bis in die Nasen.

Густой дым от еды поднимался им в нос.

Aber sie hatten noch nicht entschieden, ob sie das Essen essen würden.

Но они еще не решили, будут ли есть эту еду.

Vielleicht würden sie das Essen zurück in die Küche schicken.

Возможно, они бы отправили еду обратно на кухню.

Der Mann in der Mitte schien die Autoritätsperson zu sein.

Человек, сидевший посередине, казался авторитетом.

Er schnitt das Fleisch an, um festzustellen, ob es zart genug war.

Он разрезал мясо, чтобы определить, достаточно ли оно нежное.

Er war zufrieden mit dem Geruch und Aussehen des Essens.

Ему понравился запах и внешний вид еды.

Die Mutter und die Schwester hatten sie ängstlich beobachtet.

Мать и сестра с тревогой наблюдали за ними.

Und sie begannen zu lächeln, begleitet von einem Seufzer der aufgestauten Erleichterung.

И они начали улыбаться, вздыхая с накопившимся облегчением.

Die Familie selbst wollte in der Küche essen.

Члены семьи собирались обедать на кухне.

Doch zuerst ging der Vater nach den Untermietern sehen.

Но сначала отец пошел проверить, что случилось с квартирантами.

Er verbeugte sich einmal und hielt dabei seine Arbeitsmütze in der Hand.

Он поклонился один раз, держа в руке свою рабочую кепку.

Und er ging einmal im Kreis um den Tisch herum, zu jedem Gast.

И он обошел стол по кругу, подходя к каждому гостю.

Die Untermieter standen alle auf und murmelten in ihre Bärte.

Все постояльцы встали, что-то бормоча себе под нос.

Nachdem er gegangen war, aßen sie in fast völliger Stille.

После его ухода они ели почти в полной тишине.

Gregor fand es seltsam, dass er Kaugeräusche hörte.

Грегору показалось странным, что он слышит жевание.

Kein anderer Aspekt des Essens schien Geräusche zu verursachen.

Казалось, ни один другой аспект приема пищи не сопровождался никаким звуком.

Aber er konnte deutlich hören, wie Zähne aufeinander knirschten.

Но он отчётливо слышал, как скрежещут зубы.

Sie schienen ihm sagen zu wollen, dass er Zähne zum Essen brauche.

Казалось, они внушали ему, что для еды ему нужны зубы.

"Ohne Zähne im Kiefer kann man gar nichts machen."

«Без зубов ничего не получится».

„Ich möchte etwas essen", sagte Gregor ängstlich.

«Мне бы хотелось что-нибудь съесть», — с тревогой сказал Грегор.

„Aber ich habe keinen Appetit auf das, was ihr alle esst."

«Но у меня нет аппетита к тому, что вы все едите».

„Seht euch an, wie diese Mieter essen, und ich verhungere hier."

«Посмотрите, как едят эти постояльцы, а я тут голодаю».

Gregor dachte an diesem Abend zufällig an die Geige.

В тот вечер Грегор случайно подумал о скрипке.

Er hatte die Geige seit der Verwandlung nicht mehr gehört.

С момента переделки он не слышал скрипки.

Doch dann, an diesem Abend, ertönte ein Geräusch aus der Küche.

Но сегодня вечером из кухни послышался какой-то звук.

Die Herren hatten ihr Abendessen bereits beendet.

Джентльмены уже закончили ужинать.

Der mittlere Herr hatte begonnen, eine Zeitung zu lesen.

Мужчина посередине начал читать газету.

Den beiden anderen Herren hatte er jeweils ein Blatt gegeben.

Двое других джентльменов получили по одному листу бумаги.

Und nun lehnten sie sich zurück, lasen und rauchten.

Теперь они откинулись на спинки кресел, читали и курили.

Als die Geige zu spielen begann, wurden sie aufmerksam.

Когда заиграла скрипка, они внимательно слушали.

Sie standen auf und gingen auf Zehenspitzen zur Tür des Vorzimmers.

Они встали и на цыпочках направились к двери прихожей.

Hier standen sie eng beieinander und lauschten an der Tür.

Они стояли, сбившись в кучу, и прислушивались к звукам у двери.

Die Familie muss die Männer aus der Küche gehört haben.

Члены семьи, должно быть, услышали разговор мужчин на кухне.

Denn der Vater rief sie und fragte sie:

Потому что отец окликнул их и спросил;

"Ist die Geige für die Herren vielleicht unbequem?"

«Возможно, скрипка неудобна для джентльменов?»

„Wenn Ihnen die Musik nicht gefällt, können wir sofort aufhören.“

«Если вам не нравится музыка, мы можем немедленно её остановить».

„Im Gegenteil", sagte der mittlere der beiden Herren.

«Напротив», — ответили господа из средней части зала.

Möchte die junge Dame in unserem Zimmer Geige spielen?

«Не хотела бы молодая леди поиграть на скрипке в нашем номере?»

„Hier ist es definitiv viel komfortabler und gemütlicher."

«Здесь определенно намного комфортнее и уютнее».

Der Vater antwortete, als wäre er selbst der Geiger.

Отец отвечал так, словно сам был скрипачом.

"Oh bitte, das wäre wunderbar", rief der Vater.

«О, пожалуйста, это было бы чудесно!» — воскликнул отец.

Die Herren kehrten ins Wohnzimmer zurück und warteten.

Джентльмены вернулись в гостиную и стали ждать.

Bald darauf kam der Vater mit dem Notenständer ins Zimmer.

Вскоре в комнату вошел отец с пюпитром.

Die Mutter kam mit dem Notenbuch ins Zimmer.

Мать вошла в комнату с музыкальной книгой.

Und die Schwester kam mit der Geige ins Zimmer.

И тут в комнату вошла сестра со скрипкой.

Sie bereitete in aller Ruhe alles vor, um Geige zu spielen.

Она спокойно подготовила все необходимое для игры на скрипке.

Die Eltern übertrieben ihre Höflichkeit und ihr Benehmen.

Родители чрезмерно проявляли вежливость и манеры.

Sie hatten zuvor noch nie Zimmer an Untermieter vermietet.

Раньше они никогда не сдавали комнаты постояльцам.

Und sie trauten sich nicht einmal, auf ihren eigenen Stühlen zu sitzen.

И они даже не смели садиться на собственные стулья.

Statt sich hinzusetzen, lehnte sich der Vater gegen die Tür.

Вместо того чтобы сесть, отец прислонился к двери.

Seine rechte Hand befand sich zwischen zwei Knöpfen seines Mantels.

Его правая рука находилась между двумя пуговицами пальто.

Der Mutter wurde jedoch von einem Herrn ein Stuhl angeboten.

Однако матери один джентльмен предложил стул.

Aber sie setzte sich an die Stelle, wo der Herr den Stuhl hingestellt hatte.

Но она села там, где джентльмен поставил стул.

Und er hatte den Stuhl nicht an einem bestimmten Ort aufgestellt.

И он не поставил стул в какое-либо конкретное место.

So saß die Mutter abseits von allen anderen in einer Ecke.

Поэтому мать села отдельно от всех, в углу.

Und schließlich begann die Schwester Geige zu spielen.

И наконец, сестра начала играть на скрипке.

Die Eltern auf den gegenüberliegenden Seiten beobachteten das Geschehen aufmerksam.

Родители, находившиеся по разные стороны баррикад, внимательно следили за происходящим.

Und sie beobachteten jede Bewegung ihrer Hand genau.

И они внимательно следили за каждым движением её руки.

Gregor war auch vom Geigenspiel fasziniert.

Грегора также привлекала игра на скрипке.

Und er wagte sich ein Stück weiter aus seinem Zimmer hinaus.

И он отошёл немного дальше от своей комнаты.

Er hatte den Kopf schon im Wohnzimmer.

Он уже уткнулся головой в гостиную.

Er war stets sehr stolz darauf, besonders rücksichtsvoll zu sein.

Раньше он очень гордился своей внимательностью и заботой о других.

Doch in letzter Zeit hinterfragte er seine Nachlässigkeit kaum noch.

Но в последнее время он почти не задавал вопросов по поводу своего безразличия.

Auch wenn er jetzt mehr Grund hatte, sich zu verstecken als zuvor.

Хотя теперь у него было больше причин скрываться, чем раньше.

Weil sein Zimmer mit Staub und allerlei Schmutz bedeckt war.

Потому что его комната была покрыта пылью и различной грязью.

Die geringste Bewegung wirbelte allerlei Schmutz auf.

Малейшее движение поднимало в воздух всевозможную грязь.

Der ganze Dreck klebte an ihm: Staub, Haare, Essensreste.

Вся эта грязь прилипла к нему: пыль, волосы, остатки еды.

Er hätte den Schmutz am Teppich abreiben können.

Он мог бы просто стереть грязь о ковер.

Das tat er mehrmals täglich.

Раньше он делал это несколько раз в день.

Doch seine Gleichgültigkeit gegenüber allem war viel zu groß.

Но его безразличие ко всему было слишком велико.

Deshalb hatte er keine Angst, noch ein Stück weiterzugehen.

Поэтому он не боялся продвинуться немного дальше.

Und er betrat den makellosen Wohnzimmerboden.

И он вышел на безупречно чистый пол в гостиной.

Doch niemand bemerkte ihn oder schenkte ihm Beachtung.

Однако никто его не заметил и не обратил на него внимания.

Die Familie war völlig in das Konzert vertieft.

Вся семья была полностью поглощена концертом.

Die Herren hingegen zogen sich zunächst zurück.

Джентльмены же, напротив, сначала отступили.

Und sie standen dicht hinter dem Notenständer der Schwester.

И они стояли вплотную за пюпитром сестры.

Wenn sie hingesehen hätten, hätten sie die Noten sehen können.

Если бы они присмотрелись, то смогли бы увидеть ноты.

Dies hätte die Schwester natürlich beunruhigt.

Это, конечно, расстроило бы сестру.

Dann blieben sie am Fenster stehen, anstatt sich hinzusetzen.

Затем они встали у окна, вместо того чтобы сесть.

Mit den Händen in den Taschen redeten sie weiter.

Они продолжали говорить, держа руки в карманах.

Sie blieben dort, während der Vater ängstlich zusah.

Они оставались там, пока отец с тревогой наблюдал за ними.

Man hatte den Eindruck, dass sie andere Erwartungen hatten.

Создавалось впечатление, что у них были другие ожидания.

Und es schien wirklich so, als wären sie enttäuscht gewesen.

И действительно казалось, что они были разочарованы.

Es schien, als hätten sie genug von der Vorstellung.

Похоже, им уже достаточно этого представления.

Sie hatten zugelassen, dass die Geige ihren Frieden störte.

Они позволили скрипке нарушить их покой.

Und sie tolerierten die Musik nur aus Höflichkeit.

И они терпели эту музыку лишь из вежливости.

Besonders beunruhigend war, wie sie den Rauch wegbliesen.

Особенно тревожным было то, как они рассеяли дым.

Und dennoch spielte sie so wunderschön Geige.

И всё же она играла на скрипке так прекрасно.

Ihr Gesicht war leicht zur Seite geneigt, auf der Geige.

Ее лицо было слегка наклонено в сторону, к скрипке.

Ihr Blick wanderte traurig die Notenlinien entlang.

Ее взгляд печально скользил по музыкальным строкам.

Gregor fühlte sich ein wenig mehr ins Wohnzimmer hineingezogen.

Грегор почувствовал, что его немного сильнее тянет в гостиную.

Er hielt den Kopf dicht am Boden, blickte aber nach oben.

Он держал голову близко к земле, но смотрел вверх.

Vielleicht würde sich so der Blick seiner Schwester mit seinem treffen.

Возможно, таким образом взгляд его сестры встретится с его глазами.

Kann man wirklich sagen, dass er nur ein Tier war?

Можно ли с уверенностью сказать, что он был просто животным?

War er etwa ein Tier, wenn ihn Musik so fesseln konnte?

Разве он был животным, если музыка могла так его очаровать?

Er hatte das Gefühl, ihm sei ein Weg zu unbekannter Nahrung gezeigt worden.

Ему показалось, что ему указали путь к неведомому источнику питания.

Vielleicht war dies die Nahrung, die ihm fehlte.

Возможно, именно этого ему и не хватало.

Er war fest entschlossen, zu seiner Schwester zu gelangen.

Он был полон решимости добраться до своей сестры.

Er wollte an ihrem Rock zupfen, um ihre Aufmerksamkeit zu erregen.

Он хотел потянуть её за юбку, чтобы привлечь её внимание.

Er wollte ihr eine Art Einladung signalisieren.

Он хотел дать ей понять, что это приглашение.

„Komm und spiel Geige in meinem Zimmer", wollte er sagen.

«Пойдем, поиграй на скрипке у меня в комнате», — хотел он сказать.

Er wollte, dass sie für ihre wunderschöne Musik belohnt wird.

Он хотел, чтобы её наградили за её прекрасную музыку.

"Niemand hier belohnt dich dafür, dass du Geige spielst."

«Здесь никто не наградит вас за игру на скрипке».

Er wollte sie nicht mehr aus seinem Zimmer lassen.

Он больше не хотел выпускать её из своей комнаты.

Er wollte, dass sie so lange bei ihm blieb, wie er lebte.

Он хотел, чтобы она оставалась с ним до конца его жизни.

Zum ersten Mal hatte seine Verwandlung einen Vorteil.
Впервые его преображение принесло пользу.
Seine Missbildung würde ihm nun endlich noch von Nutzen sein.
Его деформация в конце концов должна была ему пригодиться.
Er wollte gleichzeitig an allen vier Türen sein.
Он хотел оказаться одновременно у всех четырех дверей.
Er wollte sie von allen Seiten anfauchen und anspucken.
Ему хотелось шипеть и плевать на них со всех сторон.
Seine Schwester sollte nicht gezwungen werden, bei ihm zu bleiben.
Его сестру не следует принуждать оставаться с ним.
Er wollte, dass sie sich freiwillig dafür entschied, bei ihm zu bleiben.
Он хотел, чтобы она добровольно решила остаться с ним.
Sie wollte sich neben ihn setzen und sich zu ihm hinunterbeugen.
Она собиралась сесть рядом с ним и наклониться к нему.
Und er wollte ihr von der Musikschule erzählen.
И он собирался рассказать ей о музыкальной школе.
Er hatte die feste Absicht, sie auf die Akademie zu schicken.
Он твердо намеревался отправить ее в академию.
Das hätte er allen schon letztes Weihnachten erzählt.
Он бы рассказал об этом всем ещё в прошлое Рождество.
War Weihnachten etwa schon wieder vorbei?
Неужели Рождество уже снова прошло?
Und er hätte sich von niemandem davon abbringen lassen.
И он не позволил бы никому отговорить его от этого.
Doch dann setzte das Unglück allem ein Ende.
Но затем несчастный случай остановил всё.
Die Schwester wäre von ihren Gefühlen überwältigt gewesen.
Сестру наверняка переполнили бы эмоции.
Und dann wäre Gregor bis auf ihre Schulter geklettert.
А потом Грегор забрался бы ей на плечо.
Und er hätte sie getröstet, indem er ihren Hals geküsst hätte.

И он бы утешил её, поцеловав в шею.

„Herr Samsa!", rief der Mann in der Mitte dem Vater zu.

«Господин Самса!» — крикнул мужчина посередине отцу.

Er zeigte mit dem Zeigefinger nach unten auf Gregor.

Он указывал указательным пальцем вниз на Грегора.

Gregor bewegte sich langsam über den Wohnzimmerboden.

Грегор медленно передвигался по полу гостиной.

Das Geigenspiel verstummte sehr schnell.

Игра на скрипке очень быстро затихла.

Der mittlere der drei Männer lächelte seine Freunde an.

Средний из троих мужчин улыбнулся своим друзьям.

Dann schüttelte er den Kopf und blickte zurück zu Gregor.

Затем он покачал головой и снова посмотрел на Грегора.

Der Vater hätte Gregor zurück in sein Zimmer schicken können.

Отец мог бы силой отвести Грегора обратно в его комнату.

Das war jedoch nicht die erste Maßnahme, zu der er sich entschloss.

Но это было не первое, что он решил предпринять.

Er hielt es für wichtiger, die Herren zu beruhigen.

Он посчитал, что важнее успокоить этих джентльменов.

Obwohl sie von Gregor eigentlich überhaupt nicht verärgert waren.

Хотя Грегор их совсем не расстроил.

Gregor schien unterhaltsamer als das Geigenspiel.

Грегор показался мне более интересным персонажем, чем игра на скрипке.

Er eilte mit ausgestreckten Armen auf sie zu.

Он бросился к ним с распростертыми объятиями.

Er gab sein Bestes, um ihren Blick auf Gregor zu verbergen.

Он изо всех сил старался скрыть их взгляд на Грегора.

Und er versuchte, sie zur Rückkehr in ihr Zimmer zu bewegen.

И он попытался уговорить их вернуться в свою комнату.

Das hat sie eher ein wenig verärgert.

Наоборот, это их немного разозлило.

Es war aber schwer zu sagen, was genau sie störte.

Но трудно было сказать, что именно их раздражало.

Der Vater verdarb die abendliche Unterhaltung.

Отец портил вечернее развлечение.

Aber sie hatten auch gerade erst von ihrem neuen Mitbewohner erfahren.

Но они также только что узнали о своем новом соседе по квартире.

Sie hoben die Hände, genau wie der Vater es getan hatte.

Они подняли руки точно так же, как это сделал отец.

Sie verlangten vom Vater eine sofortige Erklärung.

Они потребовали от отца немедленных объяснений.

Sie zupften unruhig an ihren Bärten, um eine Antwort zu bekommen.

Они беспокойно дергали себя за бороды в поисках ответа.

Und sie bewegten sich rückwärts in ihr Zimmer, aber sehr langsam.

И они очень медленно, но назад, направились в свою комнату.

Die Unterbrechung hatte die Schwester in eine Trance versetzt.

Это прерывание погрузило сестру в транс.

Sie ließ Geige und Bogen an ihrer Seite herabhängen.

Она позволила скрипке и смычку повиснуть вдоль тела.

Und sie blickte auf die Notenblätter, als ob sie immer noch spielen würde.

И она смотрела на ноты так, словно все еще играла.

Doch dann zog sie sich plötzlich wieder ins Zimmer zurück.

Но затем она внезапно вернулась в комнату.

Und sie hatte nun das Gefühl, verloren zu sein, überwunden.

И теперь она преодолела чувство растерянности.

Sie legte das Musikinstrument auf den Schoß ihrer Mutter.

Она положила музыкальный инструмент на колени матери.

Die Mutter saß schwer atmend auf dem Stuhl.

Мать сидела на стуле, тяжело дыша.

Und dann musste die Schwester ins Nebenzimmer rennen.

А затем сестре пришлось убежать в соседнюю комнату.

Sie musste alles für die Herren vorbereiten.

Ей нужно было всё подготовить для джентльменов.

Sie warf die Decken und Kissen in die Luft.

Она подбросила одеяла и подушки в воздух.

Und mit ihren geschickten Händen richtete sie die gesamte Bettwäsche her.

И своими умелыми руками она расставила все постельные принадлежности.

Sie war schon fertig, bevor die Herren den Raum erreichten.

Она закончила говорить еще до того, как джентльмены вошли в комнату.

Und sie verschwand, bevor sie ihnen in die Quere kam.

И она незаметно ускользнула, прежде чем помешать им.

Der Vater schien von seiner eigenen Sturheit beherrscht zu sein.

Казалось, отца охватило собственное упрямство.

Und so vergaß er jeglichen Respekt, den er seinen Mietern schuldete.

И поэтому он забыл обо всем уважении, которое был должен своим арендаторам.

Er drängte und drängte, bis deren Sprecher Einspruch erhob.

Он настаивал и настаивал, пока их представитель не выразил протест.

Als er die Tür erreichte, stampfte er wütend mit dem Fuß auf.

Он сердито топнул ногой, подойдя к двери.

Und damit brachte er den Vater zum Schweigen.

И таким образом он остановил отца.

„Hiermit erkläre ich“, begann er sich an seinen Vermieter zu wenden.

«Настоящим заявляю», — начал он обращаться к своему домовладельцу.

Und er hob die Hand und blickte die ganze Familie an.

И он поднял руку, глядя на всю семью.

„Hinsichtlich der widerlichen Zustände im Zimmer;“

«Что касается отвратительных условий в номере;»

Und er sorgte dafür, dass alle seinen Worten zuhörten.

И он убедился, что все внимательно слушают его слова.

"Hiermit kündige ich meinen Auszug aus meinem Zimmer."

«Настоящим уведомляю о своем намерении освободить комнату».

Und er unterstrich seine Aussage zusätzlich, indem er auf den Boden spuckte.

И в подтверждение своих слов он плюнул на землю.

„Auch die Tage, die ich hier gelebt habe, werde ich nicht bezahlen."

«И я не буду платить за те дни, что прожил здесь».

Mit dieser Rückerstattung war er allerdings nicht ganz zufrieden.

Однако он не был полностью удовлетворён этим возвратом средств.

„Und ich werde erwägen, weitere Forderungen an Sie zu stellen."

«И я рассмотрю возможность предъявления вам других требований».

„Glauben Sie mir, solche Forderungen lassen sich sehr leicht rechtfertigen."

«Поверьте, такие требования будет очень легко обосновать».

Er schwieg und blickte den Vater direkt an.

Он молчал и смотрел прямо перед собой, на отца.

Er schien zu erwarten, dass noch etwas passieren würde.

Он, похоже, ожидал чего-то большего.

Tatsächlich hatten seine beiden Freunde sofort die gleiche Idee.

На самом деле, двум его друзьям тут же пришла в голову та же идея.

„Wir stornieren auch unsere Zimmer“, sagten sie unisono.

«Мы тоже отменяем бронирование номеров», — сказали они в унисон.

Dann packte er den Türgriff und schloss die Tür.

Затем он схватился за дверную ручку и закрыл дверь.

Und mit einem lauten Knall schlossen sie sich in ihrem Zimmer ein.

И с громким хлопком они заперлись в своей комнате.

Der Vater taumelte mit tastenden Händen zu seinem Stuhl.

Отец, пошатываясь, дошёл до своего стула, шаря руками в поисках опоры.

Und er ließ sich besiegt in den Stuhl fallen.

И он, побежденный, рухнул в кресло.

Es sah so aus, als ob er seinen üblichen Abendschlaf halten würde.

По всей видимости, он собирался вздремнуть, как обычно, вечером.

Sein Kopf nickte jedoch fast so, als ob er nicht gestützt würde.

Но его голова кивала так, словно её никто не поддерживал.

Und man konnte sehen, dass er überhaupt nicht schlief.

И было видно, что он совсем не спал.

Während all dem hatte Gregor sich nicht von der Stelle gerührt.

Всё это время Грегор не сдвинулся с места.

Er befand sich noch immer an der Stelle, wo die Herren ihn zuerst gesehen hatten.

Он по-прежнему находился там, где его впервые увидели эти джентльмены.

Selbst wenn er umziehen wollte, fand er es unmöglich.

Даже если бы он захотел переехать, он бы обнаружил, что это невозможно.

Entweder aus Enttäuschung oder aus Hunger.

Из-за разочарования или из-за голода.

Er war enttäuscht über das Scheitern seines Plans.

Он был разочарован провалом своего плана.

Und er war geschwächt von dem anhaltenden Hunger, den er verspürte.

Он был слаб от продолжительного чувства голода.

Er war sich sicher, dass sich jeden Moment alle gegen ihn wenden würden.

Он был уверен, что в любой момент все отвернутся от него.

In Erwartung des unmittelbar bevorstehenden Zusammenbruchs wartete er.

Он ждал, предчувствуя неминуемый крах.

Die Geige begann vom Schoß der Mutter zu rutschen.

Скрипка начала соскальзывать с колен матери.

Mit einem ohrenbetäubenden Geräusch fiel die Geige zu Boden.

С оглушительным грохотом скрипка упала на землю.

Doch selbst dieses plötzliche Krachen ließ ihn nicht erschrecken.

Но даже этот внезапный грохот его не испугал.

„Liebe Eltern", sagte die Schwester, „so kann es nicht weitergehen."

«Дорогие родители, — сказала сестра, — так продолжаться не может».

Und um ihrer Aussage Nachdruck zu verleihen, schlug sie mit der Hand auf den Tisch.

И она с силой ударила рукой по столу, чтобы подчеркнуть свою мысль.

"Ich werde den Namen meines Bruders vor diesem Monster nicht aussprechen."

«Я не произнесу имени своего брата перед этим чудовищем».

„Deshalb sage ich es so deutlich wie möglich:"

«Поэтому я и говорю это максимально прямо:»

„Uns bleibt keine andere Wahl, als dieses Tier loszuwerden."

«У нас нет другого выбора, кроме как избавиться от этого животного».

„Wir haben unser Bestes getan, um dieses Tier zu tolerieren und zu pflegen."

«Мы сделали все возможное, чтобы терпеть это животное и заботиться о нем».

„Ich glaube nicht, dass uns irgendjemand auch nur im Geringsten die Schuld geben kann."

«Я думаю, никто не может нас ни в малейшей степени винить».

„Sie hat tausendfach Recht", stimmte der Vater zu.

«Она в тысячу раз права», — согласился отец.

Die Mutter hatte noch immer nicht wieder richtig Luft bekommen.

Мать до сих пор не полностью восстановила дыхание.

Sie begann dumpf in ihre Hand zu husten und atmete schwer.

Она начала глухо кашлять в руку, тяжело дыша.

Und in ihren Augen begann sich ein wahnsinniger Ausdruck abzuzeichnen.

И в её глазах начало появляться безумное выражение.

Die Schwester eilte zu ihrer Mutter und hielt sich die Stirn.

Сестра бросилась к матери и прижала руку ко лбу.

Der Vater schien von den Worten der Schwester inspiriert zu sein.

Слова сестры, похоже, вдохновили отца.

Und seine Gedanken schienen klarer als zuvor.

И его мысли, казалось, стали яснее, чем прежде.

Er hörte auf, mit dem Kopf zu nicken, und setzte sich wieder aufrecht hin.

Он перестал кивать головой и снова выпрямился.

Und er spielte, in tiefes Nachdenken versunken, mit der Mütze seines Dieners.

И он, погруженный в размышления, играл с шапкой своего слуги.

Die Teller der Mieter standen noch auf dem Tisch.

Тарелки, оставленные жильцами, всё ещё лежали на столе.

Und manchmal blickte er zu dem schweigenden Gregor hinüber.

Иногда он поглядывал на молчаливого Грегора.

„Wir müssen versuchen, es loszuwerden", sagte die Schwester zu ihm.

«Мы должны попытаться избавиться от этого», — сказала ему сестра.

Die Mutter war zu sehr mit Husten beschäftigt, um zuzuhören.

Мать была слишком занята кашлем, чтобы слушать.

„Das wird euch beide umbringen, ich sehe es schon
kommen."
«Это вас обоих убьёт, я уже вижу, как это происходит».
„Wir können nicht alle weiterhin so hart arbeiten wie
bisher."
«Мы не можем все продолжать работать так усердно, как
сейчас».
„Und jeden Tag müssen wir nach Hause kommen und diese
Qualen erleiden."
«И каждый день нам приходится возвращаться домой и
снова сталкиваться с этими пытками».
„Wir können das nicht mehr ertragen. Ich kann das nicht
mehr ertragen."
«Мы больше не можем это терпеть. Я больше не могу это
терпеть».
In einem letzten Tränenausbruch sank sie ihrer Mutter in
die Arme.
В последний раз она упала к матери, обрушив на нее
поток слез.
Die Tränen rannen ihr über das Gesicht und auf das ihrer
Mutter.
Слезы текли по ее лицу и падали на лицо матери.
Und mit einer mechanischen Bewegung wischte sie sich die
Tränen weg.
И она механически вытерла слезы.
„Mein Kind", sagte der Vater mitfühlend.
«Дитя моё», — сказал отец сочувствующим голосом.
In seiner Stimme lag tiefes Mitgefühl und Verständnis.
В его голосе звучали глубокое сочувствие и понимание.
„Aber was sollen wir tun?", gestand er und gab zu, es nicht
zu wissen.
«Но что же нам делать?» — признался он, что не знает.
Die Schwester zuckte nur hilflos mit den Schultern.
Сестра лишь беспомощно пожала плечами.
Und ihr anfängliches Selbstvertrauen wich erneut Tränen.
И ее прежнюю уверенность снова сменили слезы.

„Wenn er uns doch nur verstehen würde", sagte der Vater laut.

«Если бы он только нас понимал», — сказал отец вслух.

Und er fragte sich halb, ob Gregor es vielleicht verstanden hatte.

И он полузадумался, может быть, Грегор его понял.

Die Schwester schüttelte unter Tränen heftig die Hand.

Сестра лишь яростно трясла ей руку, плача.

Und so signalisierte sie, dass man diese Idee gar nicht erst in Erwägung ziehen sollte.

И поэтому она дала понять, что об этой идее не стоит даже думать.

„Aber wenn er uns doch nur verstehen würde", wiederholte der Vater.

«Если бы только он нас понимал», — повторил отец.

Er schloss die Augen und dachte über die Antwort seiner Schwester nach.

Закрыв глаза, он обдумал ответ сестры.

"Wenn er verstünde, dass eine Vereinbarung mit ihm getroffen werden könnte."

«Если бы он понял, что с ним можно было бы заключить соглашение».

„Aber unter den gegebenen Umständen…"

«Но учитывая сложившуюся ситуацию…»

„Es muss weg!", rief die Schwester, „es ist der einzige Weg."

«Это должно произойти, — воскликнула сестра, — это единственный выход».

„Du musst den Gedanken loswerden, dass es Gregor ist."

«Нужно избавиться от мысли, что это Грегор».

„Dass wir das so lange geglaubt haben, ist unser eigentliches Unglück."

«Настоящее наше несчастье в том, что мы так долго в это верили».

„Aber wie kann es Gregor sein?", fragte sie ihren Vater.

«Но как это может быть Грегор?» — спросила она отца.

„Er wusste, dass ein solches Tier nicht mit Menschen zusammenleben kann."

«Он знал, что такое животное не может сосуществовать с людьми».

„Gregor hätte uns schon längst freiwillig verlassen.“

«Грегор давно бы покинул нас по собственной воле».

„Das stimmt, dann hätten wir keinen Bruder mehr.“

«Это правда, тогда у нас не было бы брата».

„Aber wir könnten weiterleben und sein Andenken ehren.“

«Но мы могли бы продолжать жить и чтить его память».

„Aber dieses Ungeheuer verfolgt uns und vertreibt unsere Pächter.“

«Но это чудовище преследует нас и отпугивает наших арендаторов».

„Es will ganz offensichtlich die ganze Wohnung in Besitz nehmen.“

«Очевидно, оно хочет захватить всю квартиру».

„Dieses Biest will, dass wir auf der Straße schlafen.“

«Этот зверь хочет заставить нас спать на улице».

"Schau, Vater", rief sie plötzlich, "er bewegt sich schon wieder!"

«Смотри, папа, — вдруг воскликнула она, — он снова шевелится!»

Und sie tat etwas, das selbst Gregor nicht verstehen konnte.

И она сделала то, чего не смог понять даже Грегор.

Sie stieß sich von sich selbst ab, als wolle sie die Mutter opfern.

Она оттолкнула себя, словно принося в жертву мать.

Und sie rannte hinter ihrem Vater her, um sich in Sicherheit zu bringen.

И она побежала за отцом, чтобы хоть как-то укрыться.

Der Vater war nur deshalb so aufgebracht, weil seine Tochter es war.

Отец был взволнован только потому, что была взволнована его дочь.

Doch dann stand auch er auf und hob die Arme über sie.

Но затем он тоже встал и поднял руки над ней.

Gregor hatte jedoch keinerlei Absicht gehabt, irgendjemanden zu erschrecken.

Но Грегор не собирался никого пугать.

Er hatte insbesondere nicht die Absicht, seine Schwester zu erschrecken.

У него и в голову не приходило напугать сестру.

Er wollte sich gerade umdrehen und zurück in sein Zimmer gehen.

Он просто пытался развернуться и вернуться в свою комнату.

Doch in seinem sich verschlechternden Zustand war selbst das schwierig.

Но в условиях его ухудшающегося состояния даже это было сложно.

Und er konnte seine Beine nicht mehr vollumfänglich nutzen.

И он уже не мог в полной мере пользоваться всеми ногами.

Also benutzte er seinen Kopf, um seinen Körper anzuheben und sich umzudrehen.

Поэтому он использовал голову, чтобы приподнять тело и повернуться.

Er hielt inne und suchte in der Familie nach deren Zustimmung.

Он сделал паузу и огляделся в поисках одобрения семьи.

Seine guten Absichten schienen erkannt worden zu sein.

Похоже, его благие намерения были оценены по достоинству.

Seine Bewegung hatte sie nur kurzzeitig erschreckt.

Его движение вызвало у них лишь кратковременный шок.

Nun blickten sie ihn alle in unglücklichem Schweigen an.

Теперь все они смотрели на него в несчастливом молчании.

Die Mutter lag noch immer erschöpft im Sessel.

Мать все еще лежала в кресле, измученная.

Vater und Schwester saßen nebeneinander.

Отец и сестра сидели рядом.

»Vielleicht lassen sie mich jetzt umdrehen«, dachte Gregor.

«Может, теперь мне разрешат развернуться», — подумал
Грегор.

Und er setzte seine unbeholfene Drehbewegung fort.

И он продолжал совершать свои неуклюжие повороты.

**Er konnte die gelegentlichen Atemzüge der Anstrengung
nicht unterdrücken.**

Он не мог сдержать периодические вздохи, вызванные
физическим напряжением.

**Und er war gezwungen, zwischendurch ein paar Mal Pausen
einzulegen.**

И ему приходилось несколько раз отдыхать в перерывах
между отдыхом.

Niemand drängte ihn jetzt zur Eile; es lag ganz bei ihm.

Теперь его никто не заставлял спешить; все было
предоставлено ему самим.

**Schließlich vollendete er die langsame und schmerzhafte
Drehung.**

В конце концов он завершил медленный и мучительный
поворот.

Er machte sich sofort auf den Weg zurück in sein Zimmer.

Он тут же направился обратно в свою комнату.

**Er war erstaunt darüber, wie weit er von seinem Zimmer
entfernt war.**

Он был поражен тем, как далеко от своей комнаты он
находится.

Wie war er trotz seiner Schwäche zuvor dorthin gelangt?

Как, несмотря на свою слабость, ему удалось оказаться там
раньше?

Er war fast denselben Weg gegangen, ohne es zu bemerken.

Он проделал почти тот же путь, даже не заметив этого.

**Er konzentrierte sich jetzt nur noch darauf, so schnell wie
möglich zu krabbeln.**

Теперь он просто сосредоточился на том, чтобы ползти
как можно быстрее.

Das Ausbleiben von Kommentaren störte ihn nicht.

Отсутствие комментариев с чьей-либо стороны его
нисколько не беспокоило.

Erst als er schon in der Tür war, drehte er den Kopf.

Он повернул голову лишь тогда, когда уже вошёл в дверь.

Aber er konnte sich nicht vollständig umdrehen und zurückblicken.

Но он не смог полностью обернуться, чтобы посмотреть назад.

Denn er spürte, wie sich sein Nacken beim Umdrehen noch mehr versteifte.

Потому что он почувствовал, как его шея еще сильнее напряглась, когда он повернулся.

Doch er sah, dass sich hinter ihm ohnehin nichts verändert hatte.

Но он увидел, что за его спиной ничего не изменилось.

Der einzige Unterschied war, dass seine Schwester aufgestanden war.

Единственное отличие заключалось в том, что его сестра встала.

Sein letzter Blick verriet ihm, dass seine Mutter eingeschlafen war.

Последний взгляд, который он бросил, показал, что его мать уснула.

Sobald er in seinem Zimmer war, wurde die Tür geschlossen.

Как только он вошёл в свою комнату, дверь тут же закрылась.

Und sobald die Tür geschlossen war, wurde der Schrank verriegelt.

И как только дверь закрылась, замок заперся.

Gregor erschrak über das unerwartete Geräusch hinter ihm.

Грегора напугал неожиданный шум позади.

Und vor lauter Überraschung knickten seine Beine unter ihm ein.

И от внезапного удивления у него подкосились ноги.

Es war seine Schwester, die hinter ihm zur Tür geeilt war.

Это была сестра, которая бросилась к двери вслед за ним.

Sie stand bereits aufrecht da und wartete auf ihn.

Она уже стояла там прямо и ждала его.

Dann machte sie einen leichten Sprung nach vorn, ohne dass Gregor es hörte.

Затем она тихонько прыгнула вперёд, так что Грегор её не услышал.

"Endlich!", rief sie laut, als sie den Schlüssel umdrehte.

"Наконец-то!" — воскликнула она вслух, поворачивая ключ.

„Was nun?", fragte sich Gregor, allein in der Dunkelheit.

«Что теперь делать?» — спросил себя Грегор, оставшись один в темноте.

Er merkte bald, dass er sich überhaupt nicht mehr bewegen konnte.

Вскоре он обнаружил, что больше совсем не может двигаться.

Doch seine Unbeweglichkeit überraschte ihn nicht wirklich.

Но его неподвижность его особо не удивила.

Sich auf so dünnen Beinen fortbewegen zu können, erschien lächerlich.

Передвигаться на таких тонких ногах казалось нелепым.

Er wusste nicht, wie ihm das jemals gelungen war.

Он сам не понимал, как ему это раньше удавалось.

Abgesehen davon fühlte er sich aber relativ wohl.

Но помимо этого он чувствовал себя относительно комфортно.

Es stimmt, dass er am ganzen Körper tiefe Schmerzen verspürte.

Это правда, что он испытывал сильную боль по всему телу.

Doch der Schmerz schien immer schwächer zu werden.

Но боль, казалось, становилась все слабее и слабее.

Und er hatte das Gefühl, der Schmerz würde irgendwann verschwinden.

И ему казалось, что боль в конце концов исчезнет.

Er spürte den faulen Apfel in seinem Rücken kaum noch.

Он почти перестал чувствовать это гнилое яблоко у себя в спине.

Er dachte mit Rührung und Liebe an seine Familie zurück.

Он с волнением и любовью вспоминал свою семью.

Er spürte die Gefühle seiner Schwester noch stärker als sie selbst.

Он чувствовал эмоции своей сестры даже сильнее, чем она сама.

Sie hatte Recht mit dem, was sie gesagt hatte; er musste gehen.

Она была права в своих словах; он должен был уйти.

Er verbrachte einige Zeit in diesem leeren und friedlichen Zustand.

Он провел некоторое время в этом пустом и мирном месте.

Die Uhr schlug dreimal, leise, aber bestimmt.

Часы пробили три раза, тихо, но отчетливо.

Gregor wurde sanft aus seinen Betrachtungen gerissen.

Грегора мягко вывели из задумчивости.

Er beobachtete, wie das Morgenlicht langsam in sein Zimmer drang.

Он наблюдал, как утренний свет медленно проникает в его комнату.

Dann sank sein Kopf völlig nach unten, ohne dass er es wollte.

Затем, против его воли, он полностью опустил голову.

Und sein letzter Atemzug entwich schwach aus seinen Nasenlöchern.

И последний вздох слабо вырвался из его ноздрей.

Das Dienstmädchen kam früh am Morgen in sein Zimmer.

Горничная пришла в его комнату рано утром.

Bei ihrem üblichen kurzen Besuch fand sie nichts Ungewöhnliches vor.

Во время своего обычного короткого визита она не обнаружила ничего необычного.

Aus Kraft und in Eile knallte sie alle Türen zu.

Она, обессилев и отчаявшись, захлопнула все двери.

An ruhigen Schlaf war in der gesamten Wohnung nicht zu denken.

Во всей квартире невозможно было спокойно выспаться.

Sie war gebeten worden, dies morgens zu vermeiden.

Ей было рекомендовано избегать этого по утрам.

Sie glaubte, er läge absichtlich so regungslos da.

Она думала, что он лежит там так неподвижно специально.

Vielleicht wollte er ihr zeigen, dass er beleidigt war.

Возможно, он хотел показать ей, что обиделся.

Sie vertraute darauf, dass er über alle Arten von Intelligenz verfügte.

Она доверяла ему и верила, что он обладает самыми разными способностями.

Sie hielt zufällig den langen Besen in der Hand.

Так получилось, что в руке она держала длинную метлу.

Also versuchte sie von der Tür aus, Gregor ein wenig zu kitzeln.

Поэтому, стоя у двери, она попыталась немного пощекотать Грегора.

Sie war etwas verärgert darüber, dass er überhaupt nicht reagierte.

Она была немного раздражена тем, что он вообще никак не отреагировал.

Deshalb stieß sie ihn diesmal etwas energischer an.

Поэтому на этот раз она толкнула его чуть сильнее.

Als er keinen Widerstand leistete, sah sie genauer hin.

Когда он не оказал сопротивления, она присмотрелась повнимательнее.

Bald begriff sie, was Gregor wirklich zugestoßen war.

Вскоре она поняла, что на самом деле произошло с Грегором.

Sie öffnete die Augen noch weiter und pfiff vor sich hin.

Она широко раскрыла глаза и присвистнула про себя.

Doch sie zögerte nicht lange, bevor sie die Tür öffnete.

Но она не стала терять времени и открыла дверь.

Und sie rief mit lauter Stimme in die Dunkelheit:

И она громко крикнула в темноту:

"Komm und sieh es dir an, da liegt es, völlig tot."

«Посмотрите, вот оно лежит, совершенно мертвое».

Die beiden Eltern saßen aufrecht in ihrem Ehebett.

Оба родителя сидели прямо в своей супружеской постели.

Zuerst mussten sie den Lärmschock überwinden.

Сначала им пришлось преодолеть шок от шума.

Doch dann begannen sie langsam, ihre Botschaft zu verstehen.

Но затем они постепенно начали понимать ее послание.

Herr und Frau Samsa sprangen jeweils von ihrer Seite des Bettes.

Господин и госпожа Самса выпрыгнули из своих кроватей.

Herr Samsa warf sich die dicke Decke über die Schultern.

Господин Самса накинул на плечи толстое одеяло.

Und Frau Samsa kam nur im Nachthemd heraus.

А госпожа Самса вышла, одетая лишь в ночную рубашку.

Und so gelangten sie in Gregors Zimmer.

Вот так они и вошли в комнату Грегора.

Inzwischen hatte sich auch die Tür zum Wohnzimmer geöffnet.

Тем временем дверь в гостиную тоже открылась.

Grete hatte dort geschlafen, seit die Mieter eingezogen waren.

Грете спала там с тех пор, как въехали жильцы.

Sie war vollständig angezogen, als hätte sie überhaupt nicht geschlafen.

Она была одета так, словно совсем не спала.

Ihr blasses Gesicht schien ebenfalls ihren Schlafmangel zu beweisen.

Ее бледное лицо также, по-видимому, свидетельствовало о недостатке сна.

„Er ist tot?", fragte Frau Samsa und blickte die Magd an.

«Он мертв?» — спросила госпожа Самса, глядя на служанку.

Das hätte sie selbst überprüfen können, indem sie ihn angesehen hätte.

Она могла бы убедиться в этом, взглянув на него сама.

„Ich glaube schon", sagte das Dienstmädchen und hob den Besen auf.

«Думаю, да», — сказала служанка, поднимая метлу.
Und sie schob seinen Körper ein langes Stück über den Boden.
И она оттолкнула его тело далеко по полу.
Frau Samsa machte eine Bewegung, als wolle sie sie aufhalten.
Госпожа Самса сделала движение, словно хотела ее остановить.
Doch am Ende ließ sie das Dienstmädchen Gregor herumschieben.
Но в конце концов она позволила служанке поводить Грегора по комнате.
„Nun", sagte Herr Samsa, „endlich können wir Gott danken."
«Что ж, — сказал господин Самса, — наконец-то мы можем поблагодарить Бога».
Er bekreuzigte sich; Kopf, Brust, Schultern.
Он перекрестился: головой, грудью, плечами.
Und die drei Frauen folgten seinem religiösen Beispiel.
И три женщины последовали его религиозному примеру.
Grete, die den Blick nicht von der Leiche abwandte, sagte:
Грета, не отрывая взгляда от трупа, сказала:
„Seht nur, wie dünn er war! Er hat so lange nichts gegessen."
«Посмотрите, какой он худой, он так давно ничего не ел».
„Das Futter, das ich ihm jeden Morgen hinstellte, war immer unberührt."
«Еда, которую я оставлял ему каждое утро, всегда оставалась нетронутой».
Tatsächlich war Gregors Körper völlig flach und trocken.
На самом деле тело Грегора было совершенно плоским и сухим.
Dies war nun, da er am Boden lag, deutlicher zu erkennen.
Теперь, когда он лежал на земле, это стало еще более очевидно.
Weil sein Körper nicht mehr von seinen Beinen hochgehalten wurde.
Потому что его тело больше не поднималось ногами.

Und weil es nichts anderes gab, was die Aussicht beeinträchtigte.

И потому что ничто другое не отвлекало от пейзажа.

„Komm doch für eine Weile mit uns herein, Grete", sagte Frau Samsa.

«Пойдем с нами ненадолго, Грете», — сказала госпожа Самса.

Während sie sprach, lag ein gequältes Lächeln auf ihren Lippen.

На ее губах играла болезненная улыбка, когда она говорила.

Grete folgte ihnen, blickte aber auch immer wieder zurück auf die Leiche.

Грете последовала за ними, но также оглянулась на труп.

Das Dienstmädchen schloss die Tür und öffnete das Fenster ganz.

Горничная закрыла дверь и полностью открыла окно.

Es war noch früh, daher wäre die Luft normalerweise kalt.

Было ещё рано, поэтому воздух обычно был холодным.

Doch in der kalten Luft lag auch ein Hauch von Wärme.

Но в холодном воздухе также ощущалось тепло.

Wie eine sanfte Erinnerung daran, dass es nun Ende März war.

Словно мягкое напоминание о том, что уже конец марта.

Die drei Mieter verließen nun ebenfalls ihr Zimmer.

Все трое жильцов тоже вышли из своих комнат.

Sie schauten sich staunend nach ihrem Frühstück um.

Они с изумлением огляделись в поисках завтрака.

Das Frühstück wurde vergessen, wegen dem, was das Dienstmädchen gefunden hatte.

Завтрак был забыт из-за того, что обнаружила горничная.

„Wo gibt es Frühstück?", grummelte der mittlere Herr.

«А где завтрак?» — проворчал мужчина посередине.

Das Dienstmädchen legte den Finger an den Mund, um Ruhe zu gebieten.

Служанка приложила палец к губам, приказывая замолчать.

Und sie winkte den Herren hastig und stumm zu.

И она поспешно и молча помахала рукой этим джентльменам.

Das Dienstmädchen geleitete die drei Herren in den Raum.

Горничная проводила трех джентльменов в комнату.

Und sie erklärte ihnen weiterhin, was geschehen war.

И она продолжила объяснять им, что произошло.

Und die drei Herren standen um Gregors Leichnam herum.

И трое господ окружили тело Грегора.

Mit den Händen in den Taschen blickten sie nach unten.

Засунув руки в карманы, они опустили взгляд.

Das Morgenlicht hatte den Raum nun vollständig durchflutet.

Утренний свет полностью залил комнату.

Dann öffnete sich die Schlafzimmertür und Herr Samsa erschien.

Затем дверь спальни открылась, и появился господин Самса.

Auf der einen Seite saß seine Frau, auf der anderen seine Tochter.

С одной стороны сидела его жена, а с другой — его дочь.

Herr Samsa trug inzwischen bereits seine Uniform.

К этому моменту господин Самса уже был одет в форму.

Man konnte sehen, dass sie alle ein bisschen geweint hatten.

Было видно, что все они немного плакали.

Grete drückte ihr Gesicht an den Arm ihres Vaters.

Грете прижалась лицом к руке отца.

„Verlassen Sie sofort meine Wohnung!", befahl Herr Samsa.

«Немедленно покиньте мою квартиру!» — приказал господин Самса.

Und er deutete auf die Tür, ohne die Frauen gehen zu lassen.

И он указал на дверь, не отпуская женщин.

„Was meinen Sie damit?", fragte der Mittelsmann verunsichert.

«Что вы имеете в виду?» — растерянно спросил посредник.

Und er gab sich alle Mühe, Herrn Samsa freundlich anzulächeln.

И он изо всех сил старался мило улыбнуться господину Самсе.

Die anderen beiden hielten ihre Hände hinter dem Rücken.

Двое других держали руки за спиной.

Und sie rieben sich erwartungsvoll die Hände.

И они потирали руки в предвкушении.

Offenbar erwarteten sie einen lauten Streit.

Они, похоже, ожидали громкой ссоры.

Aber sie schienen sich auf die bevorstehende Auseinandersetzung zu freuen.

Но, похоже, они были рады предстоящему спору.

Sie dachten, der Streit würde zu ihren Gunsten ausgehen.

Они считали, что спор сложится в их пользу.

„Ich meine genau das, was ich eben gesagt habe", antwortete Herr Samsa.

«Я имею в виду именно то, что только что сказал», — ответил г-н Самса.

Er ging mit seinen beiden Begleitern in einer geraden Linie.

Он шел по прямой линии вместе со своими двумя спутниками.

Und Herr Samsa ging direkt auf ihren Anführer zu.

И господин Самса напрямую подошел к их главному джентльмену.

Der Herr blieb zunächst stehen und blickte zu Boden.

Сначала мужчина замер, глядя в землю.

Die Gedanken in seinem Kopf waren noch im Wandel.

Содержимое его головы всё ещё упорядочивалось.

"Gut, dann gehen wir", sagte er und blickte zu Herrn Samsa auf.

«Хорошо, мы пойдем», — сказал он и поднял взгляд на господина Самсу.

Eine neue Demut schien ihn plötzlich ergriffen zu haben.

Казалось, его внезапно охватило новое чувство смирения.

Und er schien um Erlaubnis für diese Entscheidung zu bitten.

И, похоже, он спрашивал разрешения на это решение.

Herr Samsa öffnete die Augen weit und nickte leicht.

Господин Самса широко раскрыл глаза и слегка кивнул.

Die Herren folgten seinem Befehl unverzüglich.

Господа немедленно подчинились его приказу.

Und sie machten tatsächlich große Schritte in den Flur hinein.

И они действительно сделали несколько длинных шагов в коридор.

Seine Freunde hatten bereits aufgehört, sich die Hände zu reiben.

Его друзья уже перестали потирать руки.

Sie hatten mitgehört, wie das Gespräch verlaufen war.

Они внимательно слушали, как проходил разговор.

Und nun rannten sie ihm nach, als ob sie Angst hätten.

И теперь они бежали за ним, словно в страхе.

Es ist möglich, dass Herr Samsa sie immer noch von ihrem Anführer isoliert.

Господин Самса всё ещё может изолировать их от их лидера.

Sie zogen ihre Stöcke aus dem Stöckebehälter.

Они вытащили свои палочки из контейнера.

Und sie verbeugten sich schweigend, bevor sie die Wohnung verließen.

И они молча поклонились, прежде чем покинуть квартиру.

Herr Samsa und die beiden Frauen traten aus dem Vorplatz.

Господин Самса и две женщины вышли с площадки перед домом.

Aber eigentlich hatten sie keinen Grund, den Männern zu misstrauen.

Но на самом деле у них не было причин не доверять этим мужчинам.

Sie lehnten sich ans Geländer, um zu überprüfen, ob sie weg waren.

Они прислонились к перилам, чтобы проверить, ушли ли они.

Die drei Herren kamen tatsächlich die Treppe herunter.

Трое джентльменов действительно спускались по лестнице.

In einer bestimmten Kurve der Treppe verschwanden sie.

В одном из поворотов лестницы они исчезли.

Und dann brachte die Treppe sie wieder in Sichtweite.

А затем лестница снова вывела их в поле зрения.

Dieses Erscheinen und Verschwinden wiederholte sich auf jeder Etage.

Это явление, когда объект то появлялся, то исчезал, повторялось на каждом этаже.

Doch schließlich waren sie fast am Ziel.

Но в конце концов они почти докопались до сути дела.

Je weiter sie gingen, desto uninteressanter wurden sie.

Чем дальше они заходили, тем менее интересными становились.

Alle kehrten erleichtert ins Haus zurück.

Все разошлись по домам, словно с облегчением.

Sie beschlossen, den Tag zum Ausruhen und für einen Spaziergang zu nutzen.

Они решили использовать этот день для отдыха и прогулки.

Sie waren der Meinung, dass sie sich diese Auszeit von ihrer Arbeit verdient hatten.

Они считали, что заслужили этот перерыв в работе.

Sie hatten diese Auszeit nicht nur verdient, sie brauchten sie auch.

Они не только заслужили этот отдых, он им был необходим.

Sie setzten sich an den Tisch, um Entschuldigungsbriefe zu schreiben.

Они сели за стол, чтобы написать письма с извинениями.

Herr Samsa verfasste seinen Entschuldigungsbrief an die Geschäftsleitung.

Господин Самса написал письмо с извинениями своему руководству.

Frau Samsa schrieb ihren Entschuldigungsbrief an ihre Kunden.

Госпожа Самса написала письмо с извинениями своим клиентам.

Und Grete schrieb ihren Entschuldigungsbrief an ihren Schulleiter.

И Грета написала письмо с извинениями директору школы.

Während alle schrieben, kam das Dienstmädchen ins Zimmer.

Пока все писали, в комнату вошла горничная.

Ihre Arbeit am Vormittag war erledigt, also ging sie nach Hause.

Утренняя работа закончилась, и она собиралась домой.

Die drei Schriftsteller nickten zunächst, ohne aufzusehen.

Сначала все трое писателей кивнули, не поднимая глаз.

Das Dienstmädchen schien aber noch nicht gehen zu wollen.

Но горничная, похоже, пока не хотела уходить.

Sie wartete einen Moment, bis die drei Schriftsteller aufblickten.

Она немного подождала, пока трое писателей не подняли головы.

„Na?", fragte Herr Samsa verärgert, genau wie die anderen.

«Ну и что?» — сердито спросил господин Самса, как и остальные.

Das Dienstmädchen stand mit einem Lächeln im Gesicht in der Tür.

Служанка стояла в дверях с улыбкой на лице.

Sie erweckte den Eindruck, gute Neuigkeiten zu verkünden zu haben.

Она производила впечатление человека, которому есть о чем сообщить.

Aber sie würde die Neuigkeit nicht preisgeben, solange sie nicht dazu aufgefordert würde.

Но она не собиралась делиться новостью, если её об этом не попросят.

Die aufrecht stehende Straußenfeder an ihrem Hut
schwankte leicht.

Вертикально расположенное страусиное перо на ее шляпе
слегка покачивалось.

Diese Straußenfeder hatte Herrn Samsa schon immer
geärgert.

Это страусиное перо всегда раздражало господина Самсу.

„Also, was wollen Sie dann?", fragte Frau Samsa bestimmt.

«Итак, чего же вы хотите?» — твердо спросила госпожа
Самса.

Das Dienstmädchen hatte nach wie vor großen Respekt vor
Frau Samsa.

Горничная по-прежнему испытывала большое уважение к
госпоже Самсе.

„Ja", antwortete sie und lachte freundlich auf.

«Да», — ответила она и дружелюбно рассмеялась.

Einen Moment lang unterbrach sie ihr Lachen und sie
verstummte.

На мгновение смех заставил ее замолчать.

„Um das Ding nebenan brauchst du dir keine Sorgen zu
machen."

«Вам не нужно беспокоиться о том, что происходит по
соседству».

„Ich habe bereits dafür gesorgt, wie wir es loswerden."

«Я уже договорился о том, как мы от этого избавимся».

Frau Samsa und Grete schrieben ihre Briefe weiter.

Госпожа Самса и Грета продолжали писать свои письма.

Herr Samsa bemerkte jedoch, dass das Dienstmädchen noch
nicht fertig war.

Но господин Самса заметил, что служанка еще не
закончила.

Nun wollte sie alles genauer beschreiben.

Теперь ей хотелось описать всё более подробно.

Doch er streckte die Hand aus, um ihre
Annäherungsversuche zurückzuweisen.

Но он протянул руку, чтобы отвергнуть её попытки.

Sie erkannte, dass sie an ihren Plänen kein Interesse hatten.

Она поняла, что их не интересуют её планы.

Und dann erinnerte sie sich an die große Eile, in der sie gewesen war.

И тут она вспомнила, как сильно спешила.

„Dann tschüss", sagte sie, sichtlich beleidigt über das mangelnde Interesse.

«Пока», — сказала она, оскорбленная отсутствием интереса.

Bevor sie ging, knallte sie die Tür jedoch mit einem lauten Knall zu.

Но перед уходом она с силой захлопнула дверь.

„Sie wird heute Abend entlassen", sagte Herr Samsa.

«Вечером ее уволят», — заявил г-н Самса.

Seine Frau und seine Tochter hatten jedoch keine Zeit, ihm zu antworten.

Но его жена и дочь были слишком заняты, чтобы ответить ему.

Weil das Dienstmädchen ihren gerade erst gewonnenen Frieden gestört hatte.

Потому что служанка нарушила их только что обретенный покой.

Die Mutter und die Tochter standen auf und gingen zum Fenster.

Мать и дочь встали и подошли к окну.

Und so blieben sie mit den Armen umeinander liegen.

И, обнявшись, они остались так и оставаться в таком положении.

Herr Samsa drehte sich in seinem Stuhl um, um sie anzusehen.

Господин Самса повернулся в кресле, чтобы посмотреть на них.

Und eine Weile lang beobachtete er sie schweigend, wie sie dort standen.

И некоторое время он молча наблюдал за ними, стоящими там.

Schließlich rief er ihnen zu: „Willst du zu mir kommen?"

Наконец он окликнул их: «Подойдёте ли вы ко мне?»

„Vergessen wir doch einfach all den alten Kram."
«Давайте забудем обо всем этом старом, ладно?»
"Komm her und schenk mir ein wenig deiner
Aufmerksamkeit."
«Подойди ко мне и удели мне немного своего внимания».
Die beiden Frauen taten, wie er gesagt hatte, und eilten zu
ihm hinüber.
Две женщины сделали, как он сказал, и бросились к нему.
Sie umarmten ihn herzlich und küssten ihn.
Они нежно обняли его и поцеловали.
Sie kehrten schnell zurück, um ihre Briefe fertig zu
schreiben.
Они быстро вернулись, чтобы закончить написание писем.
Dann verließen alle drei gemeinsam die Wohnung.
Затем все трое вместе покинули квартиру.
Sie waren seit Monaten nicht mehr zusammen aus dem
Haus gegangen.
Они не выходили из дома вместе уже несколько месяцев.
Und sie fuhren mit der Straßenbahn an den Stadtrand.
И они сели на трамвай и поехали на окраину города.
Sie hatten den gesamten Waggon der Straßenbahn für sich
allein.
Весь вагон трамвая был в их распоряжении.
Von draußen strömte Sonnenschein durch das Fenster.
Солнечный свет лился в окно снаружи.
Die Familie lehnte sich bequem in ihren Sitzen zurück.
Члены семьи удобно откинулись на спинки своих кресел.
Und sie besprachen die Aussichten für ihre Zukunft.
И они обсудили перспективы своего будущего.
Bei näherer Betrachtung waren ihre Aussichten gar nicht so
schlecht.
При более внимательном рассмотрении их перспективы
оказались не такими уж плохими.
Alle drei hatten Jobs mit dem Potenzial, mehr zu verdienen.
У всех троих была работа с возможностью зарабатывать
больше.
Sie hatten einander nie nach ihrer Arbeit gefragt.

Они никогда не спрашивали друг друга о своей работе.
Doch nun hatten sie endlich Zeit, solche Dinge zu besprechen.
Но теперь у них наконец появилось время обсудить подобные вещи.
Sie hatten auch die Möglichkeit, in eine kleinere Wohnung umzuziehen.
У них также была возможность переехать в квартиру поменьше.
Dies hätte den größten Einfluss auf ihr Leben.
Это оказало бы огромное влияние на их жизнь.
Ihre jetzige Wohnung hatte Gregor ausgesucht.
Нынешнюю квартиру им выбрал Грегор.
Aber jetzt könnten sie in eine günstigere Gegend ziehen.
Но теперь они могли бы переехать в более доступное по цене место.
Eine kleinere Wohnung, aber eine praktischere.
Квартира поменьше, но более практичная.
Das Gespräch über die Zukunft machte Grete wieder lebendiger.
Разговоры о будущем снова оживили Грету.
Herr und Frau Samsa bemerkten auch andere Veränderungen an ihr.
Господин и госпожа Самса заметили и другие изменения в ней.
Ihre Wangen waren vor lauter Sorgen ganz blass geworden.
От всех своих переживаний она побледнела.
Doch ihre Tochter entwickelte sich inzwischen zu einer feinen jungen Dame.
Но теперь их дочь превращалась в прекрасную леди.
Sie war mittlerweile wirklich eine wohlproportionierte und hübsche junge Frau.
Теперь она действительно была прекрасной, хорошо сложенной молодой женщиной.
Ihre Eltern wurden still und bewunderten ihre Tochter.
Ее родители замолчали и стали восхищаться своей дочерью.

Sie wechselten Blicke und kommunizierten unbewusst.

Они переглянулись, бессознательно общаясь друг с другом.

„Es wird bald an der Zeit sein, einen guten Mann für sie zu finden.“

«Скоро настанет время найти ей подходящего мужчину».

Die Straßenbahn hatte ihr Ziel erreicht und bremste ab.

Трамвай подъехал к месту назначения и замедлил ход.

Ihre Tochter schien ihre neuen Träume zu bestätigen.

Их дочь, казалось, подтвердила их новые мечты.

Sie war die Erste, die aufstand und ihren jungen Körper streckte.

Она первой встала и размяла свое молодое тело.